KB109691

한눈파는 직업

한눈파는 직업

별걸 다 파고드는 광고 AE의 다중생활

김혜경

마음산책

한눈파는 직업

벌걸 다 파고드는 광고 AE의 다중생활

1판 1쇄 인쇄 2022년 6월 25일
1판 1쇄 발행 2022년 6월 30일

지은이 | 김혜경
펴낸이 | 정은숙
펴낸곳 | 마음산책

편집 | 권한라 · 성혜현 · 김수경 · 나한비 · 이동근
디자인 | 최정윤 · 오세라 · 차민지
마케팅 | 권혁준 · 권지원 · 김은비
경영지원 | 박지혜

등록 | 2000년 7월 28일(제2000-000237호)
주소 | (우 04043) 서울시 마포구 잔다리로3안길 20
전화 | 대표 362-1452 편집 362-1451   팩스 | 362-1455
홈페이지 | www.maumsan.com
블로그 | blog.naver.com/maumsanchaek
트위터 | twitter.com/maumsanchaek
페이스북 | facebook.com/maumsan
인스타그램 | instagram.com/maumsanchaek
전자우편 | maum@maumsan.com

ISBN 978-89-6090-746-1 03810

* 책값은 뒤표지에 있습니다.

한 번쯤 경험해볼 만한 괴식부터

잊지 못할 아이디어까지.

나는 이런 것들이 아주 조금씩이라도

세상을 더 넓히고 있다고 믿는다.

그러기 위해서는 '원래' 그런 건 없다고 생각해야 한다.

광고를 파는, 한눈파는,
별걸 다 파고드는

광고회사에 다닌다. 첫 출근 이래 벌써 9년째, 어느덧 차장이다. 이쯤 되면 내가 '산전수전공중전' 다 겪어본 관록의 삼십대가 되어 있을 줄 알았다. 떠들썩하게 화제에 오르는 광고도 만들어보고 '세상을 뒤집을 광고 마케팅 노하우 전격 공개!' 같은 책도 쓰고…… 그런 일은 일어나지 않았다.

나는 아직도 일이 어렵다. 그저 어려워하는 일에 익숙해졌다. 지금 하는 일이 좋은 것과는 별개로 적성에 맞는 것 같지도 않다. 출근은 변함없이 지겹고, 업무 전화를 거는 건 여전히 떨리고, 아이디어를 짜내는 일은 매번 힘겹다. 이이디어 회의나 경쟁 프레젠테이션은 광고인들의 (격식 있는) '쇼미더머니' 같은 거라서, 1등만이 살아남는 무한 경쟁 시스템 속 끝없이 허덕이는 일도 지친다. 근데 꼭 적성에 맞아야 일하나? 그건 아니지. 나는 이제 싫어도 받은 만큼 일할 줄 아는 프로 직장인이다.

직장인에게 일은 1이다. 우선순위를 정할 때 첫 번째에 온다는 말이다. 어쩔 수 없다. 일하는 데 평균 8시간을 쓰니 하루의 3분의 1인데, 권장 수면 시간인 8시간을 제외한다면 깨어 있는 시간의 반을 일에 쓰는 셈이니까. 물론 퇴근 시간을 보장하지 않는 광고회사에서는 8시간보다 더 오래 일하는 날이 많다. 인터넷에 떠도는 이른바 '1만 시간의 법칙'이 떠오른다. 어떤 분야의 전문가가 되기 위해서는 최소한 1만 시간의 훈련이 필요하다는 법칙이다. 광고회사에서 일한 시간을 돌이켜보면 1만 시간은 진즉에 넘겼다. 그럼 내가 바로 광고 전문가?

이 책을 쓰면서 알게 된 것이 하나 있는데, 내가 해온 일은 '파는' 일이라는 거다. 나는 판다. 나만의 생각을 판다. 남의 머릿속에 든 생각도 판다. 생각 속의 아이디어를 판다. 아이디어에서 뻗어나간 광고를 판다. 광고 안에 담긴 제품을 판다. 제품으로 바뀔 인생의 가능성을 판다.

가끔은 이 일이 나를 파내는 일처럼 느껴지기도 한다. 몸을 혹사하고 머리를 쥐어짤 때마다 그렇다. 파도 파도 끝이 없는 파도라면 문제가 없겠지만 나는 순식간에 밑바닥을 드러낸다. 그러니 그만큼 채워 넣어야 한다. 아웃풋을 내려면 인풋이 있어야 하는 법이다.

그래서 나는 다시 판다. 한눈을 판다. 채우기 위해 판다. 술을 마시고, 마음껏 취하고, 글을 쓰고, 책을 내고, 팟캐스트를 하고, 낯선 곳으로 여행을 떠나고, 달리기와 주짓수를 하고, 괴상한 음식들을 먹어보고, 타투를 하고, 새로운 사람들을 만나고, 친구들과 온갖 모임을 도모한다. 한눈팔아 회사 바깥의 세상을 보고, 세상을 파서 나를 채운다. 파다가 마음에 드는 보물을 발견해서 더 파고들 때도 있었고 모든 수고가 그저 삽질로 끝날 때도 있었다. 그간 파고들어간 자리가, 각각의 얕고 깊은 자리가 얽히고 얽혀 내가 지나온 하나의 길이 되었다. 여태껏 살면서 내가 만들어온 지문이나 다름없다. 다시 되돌릴 수 없는, 지워지지도 않는, 나의 존재를 증명하는 지문. 내 모든 것이 담긴 지문을 이 책에 선명하게 꾹꾹 눌러 찍었다.

나는 여전히 회사에 다니고 있다. 일은 여전히 1이다. 1이 있다는 것은 2도, 3도, 그다음도 이어진다는 뜻이다. 이제 일만 하는, 세상의 수많은 숫자를 몰라보고 1에만 머무르는 인생을 살고 싶진 않다. 광고회사에 다니는 직장인이기 이전에 나는 김혜경이라는 사람이니까.

그러니 끝없이 한눈팔며 별걸 다 파고드는 나는, 계속해서 그럴 예정이다. 한쪽 눈은 광고에 팔고, 다른 눈은 세상에 팔고. 할 수 있는 한 오래오래, 내가 파고들 숫자를 한없이 늘려가면서.

2022년 6월

김혜경

차례

퇴근 후에도 삶은 계속됩니다

광고는 끝없이 예고한다.

아무리 구린 인생이라도.

우리는 무언가로 인해 나아질 수 있다고.

광고회사로 출근합니다

개봉박두 내 인생

면접관: 영화를 찍고 싶어 했는데, 광고회사에 지원한 이유가 뭐죠?

김혜경: 아무리 망한 영화라도, 예고편만큼은 재밌더라고요.

면접관: 그러다 갑자기 다시 영화를 하고 싶게 되지 않을까요?

어릴 때 나는 영화감독이 되고 싶었다. 나의 가치관과 인생에 대한 사유를 담기에 최적의 매체라고 생각했기 때문⋯⋯은 아니다. 별달리 말할 멋진 이유는 없다. 그저 영화를 많이 봤기 때문이다. 정확히는 가족 간의 불화를 대화 대신 영화로 해결하는 집에서 자랐다. 부모님이 다퉜을 때도, 모처럼 분위기가 좋을 때도, 혼나거나 매를 맞은 후에도, 어쩌다 상장을 받아 왔을 때도, 엄마가 집을 나갔을 때도, 아무런 일이 없을 때도, 아빠는 변함없이 영화를 틀었다. 내가 영화를 보고 싶거나 말거나, 아빠가 DVD 플레이어의 버튼을 꾹 누르고 나면 꼼짝없이 약 두 시간 동안은 다른 세계로 떠나야만 했다. 새로운 인간의 방문을 환영하듯 영화사 로고 위로 팡파르가 울렸지만, 내게는 불시착을 알리는 신호나 다를 바 없었다. 영화를 보는 건 현실의 기분을 토로할 새도 없이 생전 처음 보는 사람들에게로, 발 딛고 선 현실을 떠나 이국의 언어를 쓰는 낯선 세상으로 떨어지는 일이었다.

우리 집 TV에서는 대부분 DVD 대여점에 있는 최신작들이 상영되었다. 작품성보다는 대중성에 치중된 영화가 압도적으로 많았다. 수없이 많은 인물과 서사가 머릿속에서 뒤섞여, 이제는 내가 본 게 뭔지도 제대로 기억나지 않는다. 시간 가는 줄 모르고 빠져들 때도 있었고, 미처 다 하지 못한 학원 숙제가 생각날 정도로 지루할 때도 있었다. 영화를 빌려온 아빠 역시 꾸벅꾸벅 조는 일이 잦았다. 분명히 기억하는 건, 영화가 틀어져 있는 동안만큼은 애쓰지 않고도 가족이 한곳에 모여 있었다는 것이다. 영화가 끝나고 나면 모두 한결 차분해진 기분과 함께 각자의 침대로 돌아갔다. 그것만으로도 영화를 좋아하게 될 이유는 충분했다.

그래서 장래 희망을 말해야 할 때면 늘 영화감독이라고

했다. 대부분 정해진 절차에 따라 대학에 갈 준비를 하고 있던 고등학교 2학년 때였다. 나는 그 장래란 게 대체 언제 올지 가늠이 안 돼서 무작정 영화를 찍었다. 한 재단의 청소년 미디어 창작 지원사업에 선정되어 제작비를 벌었지만, 영화를 찍는 데엔 돈 말고도 필요한 게 많았다. 시간과 노력, 그리고 가능하다면 재능 같은 거. 내가 처음 찍은 영화는 20분짜리 단편영화였다. 고작 20분짜리 영화를 만드는 데에 3개월 정도 걸렸고, 이때 처음으로 위염을 앓았다. 의사 선생님이 완치는 안 될 거라고, 노력에 따라서 나아지거나 심해질 수 있다고 하는데 슬프기는커녕 흐뭇했다. 어떤 것은 흔적으로만 남게 될 테니까. 그러니까 내 위장에 생긴 염증은 영화를 추억할 수 있는 영광의 상처 같은 거지. 다만 내장은 겉으로 보이지 않아서 자랑할 순 없겠지만⋯⋯.

내게 영화를 보는 시간은 용기를 내지 않아도 되는 시간이었다. 그런데 영화를 하려면 용기가 필요했다. 재미없는 영화를 찍을 용기, 가난을 무릅쓸 용기, 나의 고집을 사랑할 용기, 여자가 희귀한 업계에서 악으로 버틸 용기, 내가 모르는 '그런데'가 닥칠지언정 '그럼에도' 계속할 용기. 영화가 모든 일을 해결해주는 것만 같던 어린 시절, 버튼 하나면 현실의 고민 따위 덮어두고 떠날 수 있었던 그 시절은 끝난 지 오래였다. 나는 생각했다. 하필 영화였던 거지, 꼭 영화일 필요는 없다고.

입사 후 첫 명절이었다. 어디에 취직했냐고 묻는 친척들에게 '○○기획'이라 답하자 이런 답이 돌아왔다.

"거긴 뭐 하는 데니? 간판 만드는 데야?"

"아니요……(실제로 을지로 부근에 이런 이름의 간판 제작사들이 많다. 나 역시 광고주가 간판을 만들라고 하면 만들어야겠지만)."

"설탕 만드는 거기니?"

"아니요……(같은 이름의 제당 회사가 있긴 하다. 광고는 일종의 사탕발림이라는 측면에서 비슷하긴 한데, 비유적인 표현일 뿐 실제로 설탕을 만들진 않는다. 그래도 광고주가 설탕을 만들라고 하면 만들어야 할 수도 있긴 한데)."

아니라는 대답의 연속 끝에 광고 만드는 일을 한다고 말했다. 그러자 광고가 뭐냐고 되물으셨다. 나는 너무나 원론적인 질문에 당황하고 말았다.

광고가 뭘까요? 광고를 뭐라고 생각하세요? 영화 GV 때 관객석의 누군가가 손을 번쩍 들고 이렇게 물어보는 것 같은 느낌이다. "우선 영화 잘 봤습니다. 그런데 감독님은 영화가 뭐라고 생각하세요?" 이어지는 정적, 부담감에 짓눌려 동공이 흔들리는 감독의 얼굴 클로즈업, 서서히 벌어지는 입술, 옴짝달싹하다가…… 장 뤽 고다르 감독의 영화 〈미치광이 삐에로〉의 한 장면으로 이어진다. "영화는 전쟁 같은 거래요. 사랑이고, 증오고, 행동이고, 폭력이고, 죽음이고, 한마디로 감정이래요."

광고가 무엇인가에 대해서 멋들어지게 답할 신념도 없을

뿐더러 친척들이 그렇게까지 심도 있는 대답을 원한 것도 아닐 테다. 나는 정신을 차리고 대답했다.

"TV에서 드라마랑 뉴스 시작하기 전에 나오는 거요, 연예인이 나와서 뭐 팔고 그러는."

모두가 '아, 그거!'라는 표정으로 고개를 끄덕이며 최근에 본 광고를 하나둘 입에 올렸다. 이제 대화가 마무리되나 싶었는데, 누군가가 넌 거기서 뭘 하냐고 물었다. 나는 직감했다. 내가 여기서 곧이곧대로 'AE^Account Executive'라고 답하는 순간, 대화는 이 의미 불명의 영어 단어를 시작으로 또다시 지지부진한 국면을 맞을 것이라는 걸. 나는 아직은 이 정도밖에 모른다고 말하는 듯한 신입사원처럼 순진무구한 웃음을 지으며 답했다.

"광고 찍히는 쪽 아니고 찍는 쪽이죠, 뭐."

다행히 모두 쉽게 이해하고 넘어갔지만, 다시 한번 직감했다. 앞으로 이런 질문을 계속해서 받게 될 것이란 걸.

예상대로 이 질문은 관문이 되었다. 취업 후 친구들 혹은 새로운 사람들을 만날 때면, 그들은 언제나 광고가 무엇인지 그리고 광고회사에서 내가 무엇을 하는지 물었다. 회사에서 대부분의 시간을 보내는 직장인에게, 회사에 대한 설명이 곧 자기소개가 되는 건 어쩔 수 없는 일이다.

연차가 쌓일수록 대답은 발전했다. 조금씩 구체적으로 변했고(단순히 '광고'에서 '프로그램들 앞뒤나 중간에 나오는 15초 영상'이라거나 '유튜브에서 스킵 버튼 뜨는 영상'이라는 식으로), 점점 더 길어졌다. 광고가 얼마나 광범위한 일인지, 그 안에서 나는 얼마나 많은 일을 해야 하는지 몸소 경험했기 때문이다. 반쯤은 자랑하고 싶었고 반쯤은 하소연하고 싶었다.

"제품이나 서비스를 팔기 위한 모든 일이요. 주로 TV나 유튜브에 뜨는 영상광고나 신문, 지하철 스크린도어, 건물 외벽에 붙은 인쇄광고를 만드는데, 그 외에도 영역은 무궁무진해요. 포털사이트 검색에 따라붙는 광고나 메신저로 오는 광고, 오프라인에서 진행하는 팝업스토어 등등 세상에 팔기 위한 수단은 셀 수 없이 많거든요. 그리고 때로는 그 수단 자체를 새롭게 만들어내야 하는 일이기도 하죠."

아무리 덧붙여도 설명이 부족하다고 생각했는데, 말하다 보니 광고하는 사람이라기보단 서론이 긴 지루한 교수님 같았다. 짧고도 강렬한 설명을 위해 광고업계 유명인들의 말을 인용하려고 찾아보니, 잘나가는 사람들은 다 카피라이터였다. 굳이 설명하지 않아도 다들 알아주는 직업, 나도 카피라이터나 할걸(물론 하고 싶다고 할 수 있는 건 아니다). 나는 하필 광고회사의 AE다. AE, 대체 뭘 한다는 건지 아리송한 이름이다. 일단 AE가 어떤 단어의 준말인지부터 시작해야 하는데 그렇게 하자면 덧붙여야 하는 내용이 너무 길어져서 때로는 '기획자'라고 얼버무리기도 한다. 그러다 또 스스로 성에 안 차 다시 구구절절하게 설명을 덧붙인다. AE는 기획 그 이상을 해내야 하기에.

　이제는 회사를 다닌 지도 오래돼서 물어봐주는 사람도 없지만, 지금이라면 이렇게 대답하고 싶다.

　"예고편 만드는 일을 합니다."

　영화도 아닌데 웬 예고편? 그럼 본편은 어딨어요? 본편은…… 예고편에서 나온 제품과 서비스를 만난 여러분의 인생 그 자체가 되겠죠.

　예고편인 광고는 15초, 길어야 1분이다. 유튜브 광고라면 5초 만에 끝날 수도 있다. 그 짧은 시간 동안 나는 내가 담당한 제품이나 서비스의 가장 매력적인 면을 뽑아서 보여줘야 한다. 영화에서 가장 핵심적이거나 자극적인 장면만 쏙쏙 골라 예고편을 만들 듯, 제품을 쓰게 될 사람에게 벌어질 일 중에서 가장 이상적이고 인상 깊을 순간을 예상해서 광고를 만든다. 재미있는 서사, 매력적인 모델, 눈을 사로잡는 영상미, 최신 유행과 가치관, 이런 것들은 그때그때 조절해야 할 미장센이다.

　짧다고 해서 그만큼만 고생하는 것도 아니다. 눈 깜짝할 새에 지나갈 누군가의 순간을 잡아채기 위해 초 단위, 아니 프레임 단위로 공을 들이는 데에는 오히려 기나긴 노력이 들어간다. 1초도 안 되는 시간에 스쳐 지나갈 찰나 같은 한 컷을 찍기 위해 수십 번씩 촬영을 반복하고, 빛의 움직임과 바람의 흐름조차 철저히 통제한다. 광고 한 편을 만드는 데 20분짜리 단편영화를 만들기 위해 내가 들였던 3개월이라는 시간보다 더 오랜 시간을 쓴 적도 부지기수다.

이 예고편에 딸린 사람도 셀 수 없이 많다. 우리 회사만 해도 내가 소속된 AE부서, 제작을 중점적으로 담당하는 제작부서, 광고매체를 집행하는 매체부서 등이 있고, 그 외에도 각종 업체가 붙는다. 그들과 함께 의사를 결정하는 과정을 겪어야 하고, 각각의 고민을 조율해야 한다. 머리를 싸맨 채 아이디어를 논의하고, 지쳐가는 사람들을 독려하고, 무리한 요구를 일삼는 광고주와 싸우기도 해야 한다.

그러다 보면 이런 생각도 든다. 내가 무슨 부귀영화를 누리겠다고 이 고생이야? 예고편이 아무리 재밌어봤자 예고편일 뿐인데. 고생해봤자 예고편에 불과한 일인데.

면접관: 그러다 갑자기 다시 영화를 하고 싶게 되지 않을까요?

김혜경: 모르죠. 확실한 건 지금은 광고를 하고 싶단 겁니다.

당시의 나는 호기롭게 답했다. 취준생의 기본 태도는 확신보다 자신이기에 할 수 있었던 대답이다. 이제는 면접관의 질문을 이해한다. 영화인이 자신의 아이디어를 스크린 위에 펼치는 예술인이라면, 광고인은 결국 회사와 광고주라는 필터를 둔 직장인이니까. 예술의 영역에서 벗어나 자본주의의 첨

병이 될 수 있겠느냐는, 우려가 담긴 질문이었던 것이다. 회사를 다닐수록 점점 더 그 숨은 의미를 실감할 수 있었다.

그럼에도 당시의 내 대답은 아직까지 유효하다. 단순히 월급을 받을 수 있어서라거나 콘텐츠 만드는 일이 적성에 맞는다는 이유가 아니다. 영화를 좋아했던 마음으로 광고를 좋아하게 되었기 때문이다. 영화도 광고도, 다른 세계로 가는 입구가 되어주니까.

진짜 영화의 예고편처럼 '커밍 순Coming Soon'이란 말을 넣진 않지만, 광고는 길어야 몇 분 남짓한 짧은 시간 내내 그 말을 외친다. 좋은 제품이 올 거라고, 그로 인해 당신의 세상이 좋아질 거라고. 별 볼 일 없어 보이는 제품조차 누군가에게만큼은 대단한 의미를 갖게 될 수도 있다. 의자는 앉는 용도의 가구일 뿐만 아니라 좋은 장소에 앉아 풍경을 즐기기 위해 세상을 누비게 해주는 도구가 되고(이케아, 'Start Something New새로운 걸 시작해요'), 운동화는 운동할 때 신는 신발일 뿐만 아니라 도전의 원동력이 되고(나이키, 'Find your Greatness당신의 위대함을 발견하기를'), 달콤한 탄산음료는 갈증의 해소를 넘어 일상을 특별하게 만들어주는 마법이 된다(코카콜라, 'Real Magic진정한 마법'). 광고는 끝없이 예고한다. 아무리 구린 인생이라도, 우리는 무언가로 인해 나아질 수 있다고.

나는 나만의 세계를 만들 용기는 부족한 사람이다. 그렇지만 누군가의 멋진 세계를 상상하며 사람들과 힘을 합쳐 예고편 정도는 만들 수 있다. 내가 알 수 없는 누군가의 인생에서 이어질, 정말 멋있는 영화 같은 본편을 기대하면서. 언제라도 대개봉할 수 있는 인생을 꿈꾸면서. 나는 예고편만으로 이뤄진 나의 세상을 계속해서 잘 가꿔나가고 싶다. 나에게도 멋진 인생이 개봉박두하기를 바라는 마음으로.

인생도 사는 것이고
물건도 사는 것이라서

내 왼팔은 타투로 빼곡하다. 레터링, 지구 모양의 케이크, 술이 파도처럼 넘실거리는 술잔 위로 뛰어오르는 고래, 엎어진 와인병, 책 더미와 그를 감싸고 있는 넝쿨, 좋아하는 숫자가 새겨진 주사위, 나의 탄생화, 겹겹이 쌓인 에스프레소 잔까지. 내가 좋아하는 것들을 한데 모아둔, 살아 있는 장식장이다. 아끼는 수집품이나 술병들을 고이 모셔두듯, 내가 무언가를 좋아했던 시절과 그 마음을 잊지 않기 위해 바늘로 섬세하게 새겨놓았다. 그중에서 처음 자리를 차지한 건 영화 〈트레인스포팅〉의 도입부에 나오는 대사를 편집한 레터링(Choose life. I chose not to choose life.)이다.

영화는 누군가에게 쫓기는 남자의 모습으로 시작한다. 있는 힘껏 달아나는 남자를 배경으로 그의 목소리가 흐른다. '삶을 선택하라, 직업을 선택하라, 가족을 선택하라.' 목소리는 계속해서 선택을 종용한다. 대형 TV, 세탁기, 자동차, CD 플레이어부터 건강, 나아가 좋은 삶까지도. 그러나 내레이션은, 그 모든 선택지에 반발하며 끝맺는다. '내가 왜 그래야 하지? 난 인생을 선택하는 것을 선택하지 않았다. 난 다른 것을 선택했다. 다른 걸 선택한 이유? 이유는 없다. 약을 할 때에도 이유가 필요한가?'

이 영화는 시작부터 이제껏 내가 알고 있던 세상의 규칙을 전면 부정하고 있었다. 좋아 보이는 것을 선택하기 위해 노력하는 게 인생 아니었어? 모두 거부해버리는 새로운 선택지와 그게 답이 되는 누군가의 세상이 영화 안에 있었다. 영화 속 주인공처럼 밑바닥을 전전하는 삶을 살고 싶지는 않았지만, '인생을 선택하는 것을 선택하지 않았다'는 대사만큼은 따라 해보고 싶었다. 좋은 것들을 눈앞에 들이밀어도 일말의 관심도 두지 않고 거부해버리는 게 쿨해 보였는지, 남들의 시선 따위는 신경 쓰지 않고 하고 싶은 대로 살아가는 인생이 부러웠는지……. 남들과 다른 구석이 하나라도 있기를 바랐던 십대의 나에게 그 문장이 매력적인 탈출로처럼 보였던 것만은 분명했다. I chose not to choose life. 내 멋대로 해석한 문장은 이랬다. '나는 남들이 선택한 인생은 선택하지 않을 거야.' 이 문장은 타투를 하기 전 이미 내 마음에 새겨져 있었다.

그러나 안타깝게도 나는 정반대의 삶을 살게 되었다. 광고회사는 끊임없이 사람들에게 선택을 종용해 돈을 벌어들이고, 나는 남들의 선택에 누구보다 신경을 곤두세우는 일을 한다. 제품의 때를 빼고 광을 낸 다음 대중의 선택을 받도록 들이미는 게 광고다. 세상에 존재하는 선택지의 수만큼 쏟아지는 광고들은 하나같이 이 제품이 더 좋은 것이라고, 이 브랜드가 당신의 삶을 더 윤택하게 만들 것이라고 주장한다. 광고회사에 다니는 나는 쿨한 대사를 내뱉던 영화 속의 주인공보다는 주인공을 쫓던 사람들에 가깝다.

　　선택하라고 외치는 입장이면서 정작 내가 선택한 제품을 광고하는 것도 아니다. 자신의 얼굴이나 이름을 간판에 당당히 내건 국밥집처럼, 내 이름을 걸고 만드는 광고라면 내가 자신 있게 추천할 만한 제품이어야 마땅하겠지만, 광고인이기 전에 직장인인 나는 시키는 일을 거절할 수 없다. 아직까지 싫은 제품을 광고해야 하는 일이 벌어지지 않아 다행이지만, 광고할 제품을 고를 수 없다는 건 마치 언제든 내 멘털을 터뜨릴지 모르는 러시안룰렛 같아서 나를 불안하게 만든다(회사에는 한 광고주만을 전담하는 팀도 있고 여러 광고주를 동시에 관리하는 팀도 있다. 제작부서의 경우에는 정해진 광고주 없이 매번 프로젝트마다 맡는 광고주와 제품이 바뀐다). 전자제품 광고를 했다가 식음료 광고를 할 수도 있고, 갑자기 증권사나 은행에서 나오는 상품을 광고할 수도 있다. 광고해야 할 제품을 잘 모르거나 자신이 없다고 해서 일을 맡지 않을 수는 없다. 따라서 어떤 제품의 광고를 맡게 되면, 그때부터 치열한 공부가 시작된다.

소비자의 마음을 사로잡으려면 광고 담당자부터 진심이어야 하는 법. 광고주에게서 건네받은 제품에 대한 자료를 꼼꼼하게 읽고 실제로 제품을 사용해보기도 하면서 대중에게 어필할 점을 고민한다. 이 제품의 어떤 점이 좋은지, 왜 좋은지에 대한 고민을 거듭하다 보면 나조차 그 제품에 빠져들게 된다. 나는 내가 광고한 제품들을 맡았던 프로젝트가 끝난 후에도 계속해서 쓰고 있다. 광고를 담당하는 사람으로서 자연스러운 일이자 광고주에 대한 매너라고도 생각하지만, 무엇보다 실제로 그 제품이 좋다고 생각하기 때문이다. 스스로를 세뇌한 결과인가? 그런 의심이 들 때면 '선택할 수 있다'는 것은 착각이라는 생각이 든다. 제품을 고르고 구매하는 일이 선택의 과정처럼 보이겠지만 사실은 정교한 세뇌의 결과일 수도.

소비자들에게 세뇌하려는 메시지는 이렇다. 구체적인 내용은 제품마다 다르겠지만, 결과적으로는 '좋은 인생을 살기 위해선 좋은 선택을 해야 하는데, 이게 바로 그것'이라는 내용이다. 그런데 '좋다'라는 판단은 상대적인 것이라서, 요즘 사람들이 생각하는 '좋음'의 기준을 파악하는 일이 중요하다. 어쩔 수 없이 광고회사에 다니는 사람들은 얼리어답터가 된다. '요즘 새로운 게 뭐가 있지? 뭐가 뜨고 있지?' 이런 질문들을 품고 온 사방을 헤매고 다닌다.

지금은 흔해졌지만, 5년 전쯤엔 프라이탁 가방을 들고 다니는 사람들을 보면 이렇게 생각했다. 저 사람, 광고회사 다니나? 실제로 당시 아는 사람도 잘 없던 프라이탁 가방은 회사에 오면 자리마다 하나씩 놓여 있었다. 프라이탁이라는 브랜드는 여러모로 광고회사 사람들이 홀딱 빠질 만했다. 버려진 트럭 방수포와 폐차의 안전벨트 등으로 만든 업사이클링 제품이기에 환경을 위한다는 의미는 물론이고 세상에 단 하나뿐이라는 희소성까지 있으니까. 수납공간이 넉넉하고, 비가 오나 눈이 오나 상할 일 없이 편하게 들고 다닐 수 있는 튼튼한 소재라는 점에서 가방이 지녀야 할 본질적인 기능도 훌륭하게 갖췄다. 광고회사 사람들이 좋아해 마지않는 〈매거진 B〉(매호 하나의 브랜드를 주제로 선정해 다루는 잡지다)의 창간호에서 다룬 브랜드라는 점까지 완벽하다.

　　프라이탁은 광고회사 사람들의 선택을 보여주는 단적인 예다. '프라이탁 가방을 들고 다니는' 사람들은 그것만 들고 다니지 않는다. 뭔가를 쓸 때는 라미 만년필을 꺼내고, 선글라스는 레이밴을 쓰고, 운동을 자주 하지는 않아도 손목에 애플 워치나 순토가 있다. 자전거는 브롬톤을 타고, 가전제품은 발뮤다를 쓰고, 한정판 레고를 모으기도 한다. 가볍게 커피 한잔을 마시기 위해 카페에 갈 때조차 프랜차이즈보다는 개성 있는 싱글 오리진 원두를 취급하거나 특장점이 하나라도 분명히 있는 카페를 찾는다. 가치관이 분명한 브랜드를 선택함으로써 자신을 증명하는 사람들이 광고회사에는 잔뜩 모여 있다.

고작 제품 하나 더한다고 인생이 바뀌냐고? 광고회사에 다니다 보면 정말로 그럴 수 있다고 믿게 된다. 인생을 산다는 건 끝없이 무언가를 사는 일이고, 무엇을 살지 선택하는 건 인생의 가치를 증명하는 일이기 때문이다. 인생을 산다, 물건을 산다. 살기 위해 사거나 사려고 산다. 인생도 물건도 똑같이 '산다'고 말하는 덴 이유가 있다.

나 역시 그 일원이 되기 위해 노력했다. 얼리어답터까지는 아니어도 패스트폴로어fast follower 정도는 됐다. 남들이 사는 제품, 가는 장소, 하는 취미들에 관심을 기울이고 대부분 따라 하려고 했다. 카드 한도 내에서 이뤄지는 선택이기에 좋아 보인다고 다 가질 수도 없었지만, 더 좋은 무언가를 알게 되는 것만으로도 더 나은 사람이 되는 기분이 들었다. 시행착오를 겪으며 나의 취향을 찾아가기도 했다. 그러나 동시에 남들을 흉내 내기만 하는 것 같아서 혼란스러웠다. 남들이 선택한 인생은 선택하지 않겠다던 마음은 사라진 것만 같았다. 뱁새가 황새를 따라가려다 가랑이가 찢어진다는 말처럼, 남들을 따라 하려고 애쓰다가 무엇 하나가 찢어져버리고 말 것 같았고, 실제로 찢어질 뻔한 적도 부지기수다. 들고 나가기도 겁나서 드레스 룸에 고이 모셔둔 명품 가방(애초에 가방을 들고 다니지도 않는데 왜 샀지?)이라든가, 스스로 외향인이라 착각하고 나갔던 모임들이라든가, 〈트레인스포팅〉 영화처럼 선택 따위 없이 현재를 즐기겠다며 술을 진탕 마셨다가 속만 아팠던 날들이라든 가…….

마음에만 새겨두었던 영화 속 문장을 왼팔로 옮기게 된 것은 시행착오나 다름없었던 선택들을 거듭한 후다. 앞으로도 나는 무슨 선택이든 해봐야 알 수 있는 세상에서 좋은 선택을 하기 위해 노력하며 살겠지만, 그 무엇도 선택하지 않을 수 있 다는 선택지를 잊지 않고 싶어서. 무엇보다 남들의 기준에 맞 춰 우왕좌왕하다 다치는 뱁새 꼴만큼은 겪지 말자는 다짐이 다. 참고로 N 포털의 지식백과에서 이 속담을 설명한 글에는 이런 말이 나온다.

> '가랑이가 찢어지다'는 표현은 본래 "뱁새가 황새를 따 라가면 가랑이(다리)가 찢어진다"나 "촉새가 황새를 쫓 아가다가는 가랑이 찢어진다"라는 속담에서 앞부분이 생략된 것이다. 이들 속담의 주인공은 '뱁새'와 '촉새'이 고, '황새'는 조연에 불과하다.
> ─조항범, 『정말 궁금한 우리말 100가지』, 예담, 2009.

나보다 앞서가는 황새의 존재감이 대단하긴 하겠지만, 황 새(그러니까 나를 제외한 모든 사람들, 소비자들, 광고회사 사람들) 는 조연일 뿐. 가랑이가 찢어질락 말락 할지언정 내가 주인공 이다!

물론 주인공이라면 어디 하나라도 주인공다운 구석이 있어야 하는 것 아닌가 하는 생각에 슬퍼지기도 한다. '학교 다니고 수능 보고 대학 가고 취업하고 결혼하고 자식 낳고 죽고'의 거대한 알고리즘을 천천히 따라가며 산다고 생각했던 십대 때처럼, 인생은 다 비슷하고 나만의 선택이란 건 여전히 없어 보인다. 그럴 때면 나는 인생을 섣불리 요약하지 않으려고 한다. 그 대신 하루 동안 있었던 사소한 선택의 순간들을 떠올린다. 아침에 눈을 떠 대중적이고 가성비 좋은 C사의 유산균 제품을 먹고, 아는 사람들은 다 안다는 K사의 양배추즙을 마시고, 포켓용 만년필의 대명사인 K사의 펜으로 일기를 쓰고, 대한민국을 주름잡고 있는 S사의 노트북으로 일하는 나를. 각각의 선택지를 공유하는 사람들은 많겠지만 선택이 더해질 때마다 겹치는 사람들이 줄어들 테고, 결국 이 모든 선택들이 합쳐진 내 인생은 유일하지 않을까. 아무리 평범해도, 나의 경험과 똑같이 겹쳐지는 사람은 이 세상에 나밖에 없을 테니까. 80억이나 되는 사람들 중에 나뿐이라니, 정말 평범하면서도 특별한 일이지. 나뿐만 아니라 한 명 한 명이 다 그렇다. 나는 가랑이가 안전한 귀여운 뱁새들로 가득 찬 세상을 꿈꾸며 모두에게 외친다. 이 제품을 사세요. 황새는 아니라도 특별한 뱁새가 될 수 있어요!

찍먹파 경험주의자의
괴식 유랑기

똥인지 된장인지 찍어 먹어봐야 아냐는 말이 있다. 사리 분별을 못 하는 사람에게 핀잔을 줄 때 쓰는 표현이다. 이 말을 들을 때마다 생각한다. 찍어 먹어보지도 않으면 어떻게 알아? 나는 찍먹파, 찍어 먹어봐야 제대로 안다고 생각하는 경험주의자다.

새로운 시도를 통해 세계는 좀 더 넓어진다. 음식의 세계도 마찬가지다. 먹지 못할 거라고 쉽게 단정해버렸다면 음식이 되지 못했을 맛있는 식재료들이 많다. 독이 있는 데다 흉악하게 생긴 복어도 그렇고, 동물들의 내장도 그렇고, 사향고양이의 배설물에서 채취하는 루왁 원두도 그렇다. 온갖 식재료를 알아갈 때마다 대체 이걸 처음 먹어볼 생각을 한 사람이 누구인지 궁금해지고, 얼굴도 모르는 그를 향해 존경심이 절로

솟는다. 아마도 그는 찍먹파 경험주의자가 아니었을까. 나는 밑도 끝도 없는 찍먹파들이 밑과 끝이라는 한계 없이 음식의 지평을 확장하고 있다고 믿는다. 때로 '가도 너무 갔다'라는 말을 들을 수도 있지만, 애초에 끝이 없는 세계이기에 계속해서 가야 한다고 생각한다.

물론 늘 성공적인 건 아니다. 언젠가 로스앤젤레스의 한 맥주 양조장에서 '스리라차 맥주'를 주문한 적이 있다(스리라차는 매운 고추가 주재료인 태국의 소스로, 매콤하면서도 새콤한 맛이 난다). 친구들은 질색하며 말렸지만, 어째서 직접 마셔보지도 않고 싫어하는 것인지 이해할 수 없었다. 게다가 스리라차 소스를 듬뿍 뿌린 타코와 맥주의 조합은 훌륭하잖아? 호기롭게 주문했지만, 두 모금 마시고 전부 남겼다. 찍어 먹어본 뒤 똥으로 분류한 셈이랄까. 하지만 다음에 또 다른 브랜드의 스리라차 맥주가 출시된다면, 다시 시도할 게 분명하다. 혹시 또 모르니까. 나는 맥주를 좋아하고, 세상에 맛있는 스리라차 맥주라는 것이 존재할 수도 있다면 그걸 모르는 사람이고 싶지는 않으니까.

그런 마음으로 집 앞 편의점에 갈 때마다 새로운 맥주에 손을 뻗는다. 껌의 풍미를 살린 '쥬시후레쉬맥주'나 '스피아민트맥주'(껌 향이 나는 것까지는 나름 이색적이라고 생각할 수 있었지만, 너무 달아서 입맛에 맞지 않았다), '진라면'과 맥주의 컬래버레이션인 '진라거'(맛있었는데, 아쉽게도 라면 분말수프가 들어간 것은 아니었다. 좀 더 용기를 내라고요!), 그 밖에 다른 업종의 특색을 살려 탄생한 '말표맥주'나 '곰표맥주' 등등. 맥주뿐만 아니라 다양한 맛의 소주에도 도전하기를 주저하지 않았다. '메로나에이슬'이나 '민트초코소주' 같은 것들이 그 예다(의외로 맛있었다. 뭐랄까, 둘 다 안주가 필요 없는 맛이랄까. 디저트로 마시는 술의 느낌이었다). 친구들은 내가 이런 술을 사는 걸 이해할 수 없다고 말하지만, 나는 어떻게 사지 않을 수 있는지 궁금하다. 마셔보지 않은 위스키를 사는 것과 마찬가지인데, 위스키를 사는 건 폼 나는 소비이고 이런 술을 사는 건 돈 낭비일까? 이상해 보인다는 이유만으로? 애초에 이상과 정상을 가르는 게 뭔데?

직접 뭔가를 조합해 먹는 것까진 아니지만, 생소한 무언가가 눈앞에 있으면 입으로 가져가봐야 직성이 풀린다. 술 말고도 참지 못하는 게 있다면 치킨이다. 오늘날에 이르러 치킨이 단순히 닭고기를 튀긴 거라고 생각하는 사람은 없을 것이다. 세상의 발전 속도에 맞춰 치킨도 무궁무진한 변신을 거듭해왔다. 이제 튀김옷에는 청양고추나 마늘 플레이크, 오징어 먹물 등 각양각색의 재료가 더해진다. 고추장과 간장과 여타의 크림을 바탕으로 매콤, 새콤, 달콤의 모든 영역을 아우르는 소스들과 치즈나 파채, 각종 떡과 같은 사리가 얹어질 때도 있다. 치킨이라는 두 음절의 세계는 끝없이 확장되고 있다. 미지의 영역을 모험하는 데에 큰 힘을 들일 것도 없다! 배달 앱을 켜면 언제나 상단에 신메뉴가 올라와 있고, 그걸 누르기만 하면 세상에서 처음 보는 치킨이 눈앞에 당도한다.

최근에 흠뻑 빠진 것은 BHC의 '포테킹'이다. 닭고기에 튀김옷을 입히고 그 위에 얇게 썬 감자를 묻혀 튀겨낸 프라이드 치킨이다. 그걸 왜 합치냐는 의문은 잠시 넣어두자. 감자튀김과 치킨이라는 튀김계의 양대 산맥을 한입에 넣을 수 있다는 점에서도 훌륭하지만, 무엇보다 그 둘의 장점만을 맛볼 수 있다는 것이 포테킹의 위대한 지점이다.

보기만 해도 침이 넘어가는 튀김옷을 보고 있노라면 중학교에 갓 입학했을 때의 기억이 떠오른다. 더 자랄 거라 믿고 어색하게 맞춰 입은 커다란 사이즈의 교복이나 풋풋한 친구들의 얼굴…… 은 아니고, 등하굣길에 필수로 지나칠 수밖에 없던 학교 앞 상가에서 팔던 핫도그의 모습이다. 그건 소시지를 감싼 긴 빵을 막대기에 끼운 단순한 핫도그가 아니었다. 두껍게 썰린 감자튀김을 표면에 촘촘히 박아 넣은 뒤 온갖 소스로 현란한 효과를 준 그 핫도그는 모든 허기를 한 방에 잠재울 마법의 도깨비방망이였다.

포테킹의 비주얼은 감자튀김 핫도그만큼 충격적이진 않다. 다만 그 핫도그가 완제품 형태의 두 가지 요리(감자튀김과 핫도그)를 그대로 결합한 거였다면, 포테킹은 감자의 두께를 연구하고 전용 튀김옷까지 개발해 궁극적인 조화를 추구했다는 점에서 박수를 쳐줄 만하다. 튀김을 두 번 먹는 건 부담스럽지만, 포테킹은 치킨에 감자의 고소함만 더했으니까.

포테킹으로 성공을 맛본 나는 한 음절이 같다는 이유만으로 '로젤킹'이란 치킨도 주문하기에 이르렀다. 로제와 젤리를 합친 이름이 붙은 이 치킨은, 말 그대로 튀긴 닭을 로제 소스로 버무린 뒤 네모난 젤리를 뿌려 먹는 치킨이다. 나는 치킨도 젤리도 좋아하지만, 이제껏 그 둘을 한 번에 먹는 일을 감행해본 적은 없었다. 비벼야 맛있는 비빔밥도 아니고 쌓아야 맛있는 햄버거도 아닌데, 식감도 맛도 다른 두 가지를 입에 넣을 이유가 전혀 없었다. 하지만 그런 메뉴가 탄생했다면, 찍먹파 경험주의자로서 어찌 찍어 먹어보지 않을 수 있을까.

후기를 보니 음식에 장난치지 말라고 호통치는 신랄한 평가들이 수두룩했다. 주로 젤리가 뜨거운 치킨의 열기를 이기지 못하고 흔적도 없이 녹아버려서, 불쾌할 정도로 달콤한 치킨을 먹어야 했던 사람들일 것이라고 추측한다. 다행히 내가 주문한 지점에서는 젤리를 따로 동봉해줬는데, 덕분에 로젤킹 탄생 의의 한 자락 정도는 제대로 맛볼 수 있었다. 살짝 매콤한 기운이 감도는 로제 소스 자체는 나쁘지 않았고, 어쩌다 한번 달콤한 젤리가 함께 씹힐 때는 뭐라 이름 붙이기 힘든(굳이 그럴 의지도 생기지 않는) 전에 없던 감칠맛이 났다. 물론 이 치킨을 다시 주문하는 일은 일어나지 않았다. 세상에는 한 번으로 족한 일들도 있는 법이다.

이외에도 온갖 치킨들이 나를 스쳐 갔다. 선 넘는 치킨의 원조인, 멕시카나에서 나온 치킨들이 대표적이다. 신호등을 콘셉트로 '베리베리 딸기치킨' '바나바나 바나나치킨' '메롱메롱 메론치킨' 3종을 선보인 '후르츠치킨'(단 것과 짠 것을 단순히 합치는 것만으로는 '단짠'이 될 수 없다는 걸 알려준 음식이다. 그래도 이제껏 내가 본 치킨 중에 색감이 제일 예술적이라 미술 점수만큼은 높게 주고 싶다. 치킨에 미술 점수가 필요할까 싶지만), 프라이드치킨에 볶음김치 맛 양념을 가미한 '미스터 김치킨'('김치사발면'을 치킨에 얹어 먹는 느낌인데 의외로 맛있다. 증정품으로 볶음김치 한 팩을 준다), 특정 라면의 맛을 구현한 '오징어짬뽕치킨'(성공), 커피를 후식이 아니라 치킨에 바로 곁들여버린 '달콤라떼치킨'(커피와 간장과 치즈를 한데 섞은 맛인데, 커피 소스와 커피콩빵을 넣어주는 정성에 박수를 보낸다) 등등. 대부분의 치킨은 성공보다는 실패의 쓴맛을 냈다. 그러나 그 쓴맛마저 소중하다. 한차례 강렬하게 맛을 선보인 뒤 순식간에 단종되었기에 이제 더는 맛볼 수도 없으니까.

찍먹파 경험주의자는 어디에나 있다. 이런 도전은 꼭 음식에만 한정된 것이 아니기 때문이다. 특히 광고업계에 수두룩하다. 광고는 언제나 새로운 아이디어를 요구하고, 어떤 때는 익숙한 것들을 색다르게 조합해서라도 낯선 무언가를 탄생시켜야 한다. 적절한 조화가 중요하지 않겠냐는 생각도 들겠지만, 부조화이기에 더욱 강렬한 각인 효과를 일으키기도 한다. 그 대표적인 사례로 '마운틴듀'와 또 다른 주스 그리고 카페인을 합친 음료 '킥스타트'의 광고를 소개한다.

영상은 무기력하게 소파에 앉아 있는 남자 앞에 괴상한 생물체가 등장하며 시작된다. 퍼그 종의 강아지 얼굴에 상반신은 원숭이이고 하반신은 기저귀를 찬 아기의 모습을 한, 이름하여 '퍼피몽키베이비PuppyMonkeyBaby'다. 남자들은 이 괴생물체의 모습을 보고 도망치기는커녕 그가 건네는 음료를 마신 뒤 춤을 추며 그를 따라나선다. 세 가지 재료를 혼합해 만든 음료라는 특징에 착안해 만든 광고라지만, 언제 봐도 내 눈을 의심하게 만든다. 하지만 이 광고는 무려 슈퍼볼 광고(슈퍼볼은 미국 최대 스포츠 이벤트인 만큼 어마어마한 시청자가 따라붙는데, 광고 비용 역시 엄청나다. 해당 광고가 나온 2015년 기준, 30초짜리 광고를 한 번 내보내는 데 초당 약 2억 원, 총 60억 원 정도가 들었다. 이 글을 쓰는 2022년에는 약 77억 원으로 광고비가 올랐다고 한다. 강아지와 원숭이와 아기가 결합한 괴생물체가 춤추고 음료를 핥는 걸 보여주기 위해 77억 원을 썼다고 생각하면 아찔하다. 하지만 그런 게 바로 광고다)에 등장하면서, 특유의 중독성 있는 이미지와 노래로 화제가 되었다. 이 정도 독기는 있어야 사람들을 중독시킬 수 있는 건지도 모르겠다.

한 번쯤 경험해볼 만한 괴식부터 잊지 못할 아이디어까지. 나는 이런 것들이 아주 조금씩이라도 세상을 더 넓히고 있다고 믿는다. 그러기 위해서는 '원래' 그런 건 없다고 생각해야 한다. 아주 생소할 필요도 없다. 짜장면이나 피자, 파스타, 마카롱처럼 주변에 흔한 음식만 봐도 그렇다. 원조의 맛과 생김새와는 달리 한국의 식문화에 맞춰 끝없이 진화한(누군가는 퇴화라고 할 수도 있겠지만) 음식들처럼, 세상의 모든 것은 변화를 거듭하고 있다. 원래의 맛만을 고집했다면 이렇게까지 사랑받을 수 있었을까? '원래'라는 단어에 갇혀 생각을 멈추는 순간 편견이 굳어지고 이 세상에 더 이상 발전은 없을 것이다. 한계 짓지 말자. 계속해서 어디론가 나아가자. 세상일은 모르는 것이고, 세상은 더 알아가기 위해 노력할 가치가 있으니까. 실패할 때가 더 많더라도, 헤맬수록 길을 잃는 게 아니라 맵이 넓어지는 거라는 마음으로. 그러니 나의 괴식 유랑은 앞으로도 계속될 것이다.

랜덤 여행을 떠나요

한 번쯤 '내일로'를 이용해보고 싶었다. 기약도 계획도 없이 자유를 만끽하는, 청춘의 상징처럼 느껴졌기 때문이다. 막상 다녀온 친구들의 경험담을 들으면 별것 없었다. 그래도 꿋꿋하게 환상을 품었던 건, 감성적인 일본 광고의 대표 주자인 일본 철도 JR에서 만든 '청춘18티켓'(일본의 내일로라고 불린다) 광고에 등장하는 카피 때문이다.

"모험이 부족하면, 좋은 어른이 될 수 없어."
"무심코 내려버린, 그런 경험을 한 적이 있습니까?"
"'아아, 여기다' 싶은 역이 분명 있다."
"가끔은 계속 딴 길로 새본다."

이런 카피를 보고 어떻게 훌쩍 떠나지 않을 수 있단 말인가(광고에 제일 취약한 사람이 바로 광고회사에 다니는 사람이라는 말이 있다. 직업 정신에서라도 광고를 항상 눈여겨보기 때문이다)! 그러나 그렇게 과감하게 떠나지는 못했다. 일해야 하니까…….

직장인에게 휴가는 지나치게 소중해서 하루라도 허투루 보낼 수 없다. 치밀하게 계획을 세우는 성격이 아닌 나 역시도 휴가만큼은 알차게 보내왔다고 자부할 수 있다. 전주나 부산에서 열리는 영화제를 찾기도 했고, 강원도에서 글램핑을 하기도 했고, 삼치나 방어 철엔 제주도까지 가서 회를 챙겨 먹기도 했다. 일 년에 한 번 정도 길게 휴가를 낼 수 있을 때면 해외에 다녀왔다. 가까운 도쿄나 삿포로부터, 장시간 비행해야 하는 로스앤젤레스, 바르셀로나, 모로코, 쿠바, 아이슬란드까지. 내가 살던 곳에서 멀리 떨어질수록 원래의 나를 되찾는 기분이 들었다.

애인이자 여행 친구인 S와 휴가 일정을 맞추던 날이었다. 평소 가고 싶은 곳도 하고 싶은 것도 많은 우리의 휴가 회의는 굉장히 치열하게 진행되곤 했는데, 그날따라 왜인지 전부 심드렁했다. 후보 삼은 휴가지들을 정처 없이 맴돌던 대화 끝에 우리는 서로에게 물었다.

"뭐 새로운 거 없어?"

회의 때마다 새로운 아이디어를 내야 한다는 강박에 시달리기를 수년, 회사에서의 습관이 밖에서도 이어졌다. 일상에서조차 새로움을 갈망하게 된 것이다. 여행마저 '특산물 먹고 새로운 풍경 좀 보다 오는' 지루한 반복처럼 여겨졌다. 예상하지 못했던, 그래서 진짜 새롭다고 느낄 만한 경험을 하고 싶었다.

그때 마음 어딘가에 묻어두었던 내일로가 떠올랐다. JR의 광고 카피처럼, 아무것도 정하지 않고 일단 기차에 올라 끌리는 곳에 무심코 내리는 낭만이야말로 내가 원하던 '새로운 무엇'인 것 같았다. 그런데 S는 내일로 티켓을 살 수 있는 나이가 아니었다(이제는 나이 제한이 없어졌다고 한다. 안타깝게도 이건 그전에 벌어진 일이다). 우리는 '내일로'스럽게 떠날 수 있는 우리만의 여행을 구상했다. 바로, 랜덤 여행!

랜덤 여행이란 사전 계획 없이 문자 그대로 모든 것을 그때그때 랜덤으로 정하는 여행이다. 운명이 이끄는 대로, 즉흥적으로 즐기는 게 핵심이다. 무한정 기차를 탈 수 있는 내일로와는 다르기에, 여행지를 정하기는 해야 한다. 단, 이마저도 최대한 랜덤하게. 우리는 가보고 싶었던 여행지를 적은 뒤 무작위로 뽑기로 했다. 그런데 생각해보니 이미 우리 머릿속에 있는 여행지들은 어느 정도 예상 가능하다는 점에서 덜 랜덤하게 느껴졌다. 더 즉흥적으로 떠나볼 순 없는 걸까? 우리의 대화는 점점 극단으로 흘렀다.

"그런 거 해보고 싶었어. 공항으로 가서 '제일 빨리 출발하는 티켓 주세요'라고 말하는 거. 되게 사연 있는 사람 같은데 사실은 그만한 여유가 있어야 할 수 있는 말이잖아."

"그런데 막 남미 이런 데 걸리면 어떡해?"

"우리에겐 3박 4일밖에 없으니까 말 그대로 갔다가 그냥 오는 거지. 그래도 공항에서 기념품은 사 올 수 있겠네."

"…… 그냥 아시아로 한정할까?"

"근데 우리 여권 갱신했던가?"

고려할 게 많을수록 계획을 세울 수밖에 없다는 걸 깨닫게 되자, 어느 정도 준비가 필요한 해외는 제외하기로 했다. 그리고 초심으로 돌아가 무작위의 꽃, 주사위를 굴리기로 했다. 짝수가 나오면 버스, 홀수가 나오면 기차를 타자. 그리고 여행지는 역이나 터미널에 가서 정하는 거야. 주사위는 데굴데굴 굴러 다섯 개의 눈을 드러냈다. 우리는 다음 날 적당한 크기의 백팩을 하나씩 메고 가까운 용산역에서 만났다.

용산역은 사람들로 붐볐다. 우리가 모르는 곳에서 도착한 사람들과 우리가 가보지 못한 곳으로 떠나는 사람들 위로 전광판이 깜박였다. 다양한 목적지 중 윗부분에만 노란 불이 들어와 있었다. 곧 출발한다는 표시등이었다. 공항에서만큼 화끈하진 않겠지만, 마침내 해보고 싶었던 과감한 멘트를 써먹을 때가 온 것이다. 5분 내로 출발하는 티켓 주세요! 그렇게 받은 티켓은 여수행이었다.

한 번은 가보고 싶었는데 이상하게 갈 일이 없던 도시, 여수. 기회는 많았지만 그때마다 KTX를 좀 더 타고 부산이나 경주에, 혹은 그나마 가까운 전주에 갔다. 여수는 '훌쩍'이란 표현을 쓸 수 있을 만큼 적당히 멀고, 「여수 밤바다」라는 노래로 이미 친숙한데…… 생각해보니 그래서 안 간 건가? 처음부터 여수에 가자고 했다면 마음이 금세 시들해졌을 텐데, 깜짝 선물처럼 창구에서 건네받은 여수행 티켓은 느낌이 사뭇 달랐다. 운명이 정해준 적절한 여행지라는 느낌이었달까.

이 랜덤 여행의 기운을 그대로 이어가고 싶었던 나와 S는 규칙을 정했다. 머리가 아닌 마음을 쓰는 여행을 하자! 헷갈릴 때는 '계획 에너지'(이 '계획 에너지'란 우리 말고 일반적인 여행자들의 계획까지 반영된 것으로, 여행지에서 예상 가능한 행동을 하게 만드는 에너지라 할 수 있겠다)가 높은 곳을 최대한 피하자!

여수에 도착한 우리는 간장게장과 교황빵을 먹었다. 여수, 하면 바로 떠오르는 먹거리인 간장게장을 먹은 뒤, 높아진 계획 에너지를 교황빵으로 낮추는 코스였다. 교황빵은 어쩌다 발견한 것으로, 문자 그대로 프란치스코 교황이 한국에 왔을 당시 그에게 대접한 원형 고리 형태의 마늘빵이다. 여수에서 나름 유명한 빵인 듯했는데 여수와 교황과 빵이라니, 외지인인 나로서는 그야말로 상상도 못 해본 조합이었다. 교황 성하는 이 빵이 '교황빵'이라고 불리는 걸 알고 있을까? 세상에 한 명뿐인 교황의 명성에 누가 되지 않을 만큼 맛있긴 했다. 예상치 못한 음식이어서 더 맛있었는지도 모르겠지만.

부른 배를 두드리는데, 옆에서 S가 말했다.

"이제 해상케이블카를 타고 경치를 구경한 후 쉬다가 여수 포차 거리에서 노래로만 듣던 여수 밤바다를 즐기면 되는 걸까?"

너무나 평범하고 그럴듯한 일정이었다. 랜덤 여행, 이대로 괜찮은가! 우리는 대뜸 배를 타기로 했다.

하루에 몇 번 출항하지 않는 배를 타기 위해 다음 날 오전 6시에 일어났다. 배차 간격이 무려 195분이나 되는 시내버스는, 8시에 도착한다더니 7시가 지나자마자 곧장 모습을 드러냈다. 시간을 맞춰 나왔다면 오히려 큰일 날 뻔했는데 운이 좋았다는 생각에 덩달아 기분도 들떴다. 버스는 좌석에 딱 맞는 수의 사람들을 태우고 좁은 길을 거침없이 달렸다. 매일 타는 사람들만 반복해서 태울 것 같은 버스에 우리 둘의 자리가 있다는 것이 마치 나와 S를 위한 운명의 안배처럼 느껴졌다. 버스는 섬과 섬 사이를 잇는 다리를 지나고, 초가집을 지나고, '아니, 이게 이런 곳에?'라는 생각이 드는 해양수산과학관도 지나고, 굴전마을이니 봉양마을이니 속전마을이니 하는, 아무도 타지도 내리지도 않는 조그만 마을들도 지났다. 선착장까지는 두 시간이 걸린다고 했는데, 버스는 한 시간도 채 되지 않아 여객터미널이 있는 신기마을에 우리를 내려줬다. 인터넷에서 찾아본 정보와 맞는 게 시종일관 하나도 없었다. 평소 같았

독자님은 자신을 소개할 때 어떤 단어들을 사용하시나요?

의지와는 상관없이 우리는 직업이나 소속된 집단을 명사로 내세워 우리를 대변하곤 합니다. 이 책의 저자는 자신을 하나의 명사로 소개하길 거부합니다. 때론 동사를 사용하기도 하죠. "낮에는 광고회사를 다니고 밤에는 글을 씁니다. 낮밤 없이 살 때도 있습니다." 광고 AE라는 낯선 직업명을 다른 이들에게 소개하는 일에 어려움을 겪던 저자가 찾아낸, 그만의 방식입니다.

『한눈파는 직업』에는 광고 AE이자 작가, 팟캐스터라는 세 가지 직업 이야기가 한데 펼쳐집니다. 그뿐만 아니라 직업 너머의 삶에서 드러나는 유쾌하고도 진솔한 '한눈파는' 이야기들이 가득하죠. 훌쩍 여행을 떠나거나 게임 속에서 몬스터 일당을 소탕하고, 주짓수로 몸과 마음을 단련합니다. 끝없이 더 나은 삶을 예고하는 광고에서처럼, 저자는 매일매일의 사소한 순간을 통해 더 넓은 삶의 풍경을 그려봅니다. 남들에게 괴식으로만 보이는 음식들을 군이 찍어 먹어보는 일은 곧 세계를 무궁무진한 가능성으로 채우는 일이며, 인스타그램에 공들여 게시물을 올리는 일은 찰나에 사라질 현실의 한구석을 가꾸어 오래도록 보존하는 일이 됩니다. 그가 독자님에게 건네는 이 한 권의 흥미진진한 예고편을 읽으며, 이어질 우리들의 본편을 기대해보면 어떨까요?

마음산책 드림

으면 불안정한 일정에 짜증이 날 법도 했지만, 랜덤 여행 중인 우리는 이제야 제대로 된 여행을 하는 기분이 들었다. 그래, 이런 게 바로 랜덤 여행이지!

배마저도 상상했던 것과 사뭇 달랐다. 배라기보다는 배 모양의 거대한 찜질방 같았다. 바닥에 노란 장판이 깔려 있었고, 사람들은 그 위에 드러누운 채 땀을 흘리며 자고 있었다. 그런 배에 처음 타봐서 몰랐을 수도 있는데, 배라는 게 원래 이랬던가? 신발을 벗고 들어서니 바닥은 따뜻함을 넘어서 뜨거웠다. 우리 역시 단단하고 네모난 베개 위에서 순식간에 곯아떨어졌다.

금오도에 도착한 뒤로는 쉴 새 없이 걸었다. 주위를 둘러보며 걷는 것 말고는 별달리 할 게 없었다. 오른쪽으로는 바다를, 왼쪽으로는 산을 끼고 비렁길('비렁'은 벼랑의 여수 사투리다)을 걸었다. 그렇게 동백꽃이 핀 숲과 이름 모를 나무들이 빼곡히 들어선 숲, 대뜸 나타난 대나무숲 그리고 흙길과 돌산도 지났다. 눈에 보이는 게 전부인 것만 같은 조그만 바다 마을들도 만났다. 한적하고 조용한 마을에서는 작은 체구의 할아버지들과 할머니들이 뱃일을 하거나 김을 말리거나 아이스크림을 팔고 있었다.

직포마을에서 학동마을로 넘어가니 점심 즈음이었다. 때마침 배가 고팠던 우리 앞에 이름부터 몹시 매력적인 '한 접시 쉼터'가 나타났다. 간이 슈퍼처럼 생겼는데, 마을의 유일한 식당이라 그런지 메뉴가 꽤 다양했다. 심지어 지역 특산물을 넣은 막걸리를 팔고 있었다! 이름하여 방풍나물이 들어간 '금오도 생막걸리'. 이건 마셔야만 했다. 우리는 살짝 시큼하면서도 묘하게 향긋한 막걸리를 마시며 톳과 매생이 전, 그리고 큼직한 조개가 듬뿍 들어간 라면을 먹었다.

배를 채운 후에는 다시 걸었다. 직포마을에서 학동마을로, 학동마을에서 심포마을로, 심포마을에서 장지마을로, 안도대교를 넘어 안도항이 있는 안도마을로. 그렇게 10킬로미터 넘는 길을 계속 걸었다. 오르막과 내리막이 반복되는 동안 발목이 꺾여 비틀거릴 때도 있었고 발가락에 힘을 꾹 주고 버텨야 할 때도 있었다. 그만 걷고 싶었지만 어쩔 수 없었다. 버스도 택시도 마음대로 탈 수 없는 섬이었고, 걸어서 한 바퀴를 돌아야만 다시 배를 타고 여수로 돌아갈 수 있었다.

여수에 돌아오자마자 우리는 지친 몸에 기운을 불어넣기 위해 장어를 파는 집으로 갔다. 갯장어 샤부샤부가 유명하단 말만 듣고 갔는데, 갯장어가 잡히는 여름이 아니라 먹을 수 없다고 했다. 그렇지만 실망은 금물. 랜덤 여행에 법이 있다면, 예상과 다른 결과가 나올수록 재밌는 법. 우리는 다음을 기약하며 붕장어를 구웠다.

소금만 쳐서 구운 장어는 부드럽고 촉촉하고 고소했다. 뜨거움을 참고 바로 집어 먹어도, 특제 양념을 듬뿍 묻혀 먹어도, 절인 양파와 함께 깻잎에 올려 먹거나 시원하고 아삭한 여수 돌산 갓김치와 함께 먹어도, 뭘 어떻게 먹어도 맛있었다. 복분자주까지 간간이 곁들이니 금오도에서 전부 소진했다고 생각했던 힘이 혀끝에서 되살아났다. 우리가 갯장어 샤부샤부를 먹었어도 이렇게 신났을까? 물론 그랬겠지만…… 이건 랜덤 여행에서만 먹을 수 있는 '예상하지 못한 장어구이'라고!

다리가 아팠지만 입과 손과 간은 멀쩡했으므로 한잔 더 하러 유명한 포차 거리로 갔다. 여수 사람들은 물론 여수에 방문한 외지인들까지 전부 거기에 모여 있는 듯했다. 뭐랄까, 거대한 계획 에너지가 느껴졌다. 이곳에 오기 위해서 여수에 방문한 것 같은, 그런 강한 열망으로 똘똘 뭉친 사람들 사이로 '여수 밤바다'를 부르짖는 장범준의 목소리가 울려 퍼지고 있었다. 우리는 말없이 뒷걸음질을 쳤다. 그리고 숙소로 돌아가는 길에 웬 이름 모를 운하 옆에 있던 포차에 빨려 들어가듯 입장했다.

슥 슥 갈리는 사장님의 칼 소리 위로 한잔 걸치고 있는 아저씨들의 갈라진 사투리가 흥겹게 리듬을 탔다. 지금 뭐가 맛있어요? 감생이 하나 먹어. 감생이? 전라남도에서는 감성돔을 감생이라고 부른단다. 분명 아는 생선인데도 생전 처음 맛보는 남도의 특산물을 먹는 것 같았다. 도톰한 생선 살도, 혀를 감싸고 내려가는 소주도, 내가 알던 것보다 달았다.

어디로 튈지 모르는 공처럼 즐겁게 통통거리다 보니 어느

새 서울로 돌아가는 기차 안으로 튕겨 들어와 있었다.

"생각보다 좋았다, 그치."

"생각을 안 하니까 뭐든 생각보다 좋을 수 있는 게 아닐까?"

"그래, 그거네. 너무 생각을 많이 하고 살면 안 돼."

머리보단 마음을 쓰는 여행이었다. 정해진 것이 아무것도 없는 랜덤 여행이어서 오히려 무엇이든 할 수 있었다. 평소라면 고르지 않았을 선택지에 기꺼이 몸을 맡겼다. 걱정이 무색하게 세상은 내가 알던 것보다 좋은 것들로 가득했다. 앞으로도 내가 모르는 즐거운 일들이 잔뜩 남아 있을 테지.

이런 여행을 거듭하다 보면 나도 언젠가 일본 철도 JR의 '청춘18티켓' 광고 같은 걸 만들 수도 있을까. 직접 경험한 것만 광고할 수 있는 것은 아니지만, 내가 알고 공감할 수 있는 감성을 담아내는 건 다를 테다. 여행사나 KTX, 한국관광공사에 이런 여행 상품을 제안해보면 어떨까. 까보기 전까진 어디로 떠날지 모르는 랜덤 티켓을 파는 거다. 생전 처음 들어보는 목적지가 대부분이고 유명한 도시들은 아주 희박한 확률로 나오는 랜덤 뽑기 시스템의 티켓인 거다. 멀든 가깝든 가격은 같다. 그간 각광받지 못했던 도시들에 관광객을 유치할 수도 있고, 사람들은 예상하지 못한 설렘 가득한 여행을 떠날 수 있고, 나도 다음 여행지를 고민하지 않아도 되니 일석삼조 아닐까.

검색해보니 아직 그런 티켓은 어디에서도 팔지 않고 있다. 만약 팔게 된다면, 저에게 광고를 맡겨주십시오.

인스타그래머블 라이프

"넌 일을 대체 언제 해?"

주변 친구들에게서 이런 질문을 종종 듣는다. 그렇게나 바쁘다는 광고회사에 다니면서 이런 말을 듣는 것도 재주라고 생각한다. 다 인스타그램 덕이다.

인스타그램 속의 김혜경은 출퇴근하지 않는다. 광고회사의 바쁜 일정에 얽매여 있지도 않다. 그는 모로코의 화려한 리아드riad에서 민트 티를 마시고, 사하라사막을 뛰어다니고, 쿠바에서 이름 모를 현지 청년들과 어울려 춤을 춘다. 시도 때도 없이 서울의 온갖 맛집을 정복하고, 노란색 혼다 슈퍼커브 바이크를 몰며 골목길을 누비고, 친구들과 미친 듯이 취한 채 전국을 돌아다니고 있다.

간혹 친구의 친구가 내 인스타그램 계정을 구독한다고,

내가 너무 재밌게 사는 것 같아 부러워한다는 말을 전해 듣기도 한다. 남부럽지 않을 때만 인스타그램을 했기 때문일 테다. 하지만 그것보다 좀 더 본질적인 이유는, 내가 가장 재미있는 순간에 악착같이 카메라를 들이댄 뒤 그 결과물들을 인스타그램에 올리기를 주저하지 않아서다. 가끔은 기록하려 애쓰지 말고 그 순간을 오롯이 즐겨보라는 핀잔을 듣기도 한다. 요즘 학부모들은 학예회에서 아이를 보지 않고 카메라를 들고 찍느라 바빠서 정작 중요한 걸 놓치고 있다는 비난과 비슷하겠다. 물론 뼛속까지 인스타그래머인 나는 그 말에 동의하지 않는다. 찰나를 즐기고 잊어버릴 바엔 카메라로 제대로 기록한 뒤 인스타그램을 통해 영영 꺼내 보는 게 낫다고 생각하니까. 그리고 렌즈 너머로도 잘 보이거든요?

물론 단순히 카메라를 드는 것만으론 충분히 '인스타그래머블'한 게시물을 올릴 수 없다. 좋은 순간을 더 좋아 보이게 하기 위해서는 온갖 노력을 동원해야 한다. 음식 사진을 찍을 때는 좀 더 먹음직스러워 보이도록 전반적인 배치부터 조명과 카메라 구도까지 이리저리 바꿔본다. 나와 함께 식사하는 사람은 완벽한 사진이 탄생할 때까지 잠시 기다려주는 것은 물론, 연기가 나는 음식(구워지고 있는 고기나 끓고 있는 국물 같은 것)을 찍을 때면 그 연기가 카메라 렌즈를 가리지 않도록 입으로 바람을 불어주어야 한다. 그게 함께 식사하는 자의 도리라고, 나 또한 친구에게 배웠다. 인간은 망각의 동물이라는 점을 영악하게 활용해서 과거로 박제될 현실을 최대한 미화하는 작업이라고 할 수 있겠다. 증명사진을 찍을 때 보정하는 것과 마찬가지라고 생각하는데, 아무래도 증명사진보다는 촬영 빈도가 높다 보니 주변 사람들이 눈치를 줄 수도 있다. 물론 뭘 그렇게까지 하냐는 사람 앞에서는 나도 그러지 않는다. 애초에 그렇게 말하는 사람과는 오두방정 떨며 인스타그램을 할 만한 곳에 가지도 않지만.

인터넷에는 '인스타그램 vs 현실'이라는 짤이 돌아다닌다. 방 안에 옷이 어지럽게 널려 있는 와중에도 사진 찍을 공간만큼은 완벽하게 치운 뒤 맥북이나 향초 같은 걸 놓는다거나, 식탁 위에 반찬 통이며 음식을 흘린 자국들이 그대로 있는데도 인스타그램 속 사진엔 사뭇 감성적인 테이블클로스와 예쁜 식기, 〈킨포크〉 잡지만이 놓여 있는 식이다. 이때 정돈되지 않은 인스타그램 바깥의 공간을 보여주는 사진들은 상대적으로 구린 현실을 꼬집으며 인스타그램에 심혈을 기울이는 사람들을 조롱하는 의도로 쓰인다. 으레 인스타그래머들은 현실을 가꿀 줄 모르는 허세만 남은 사람들이라는 비웃음이 따라붙는다. 정작 나는 감탄을 금치 못했다. 구질구질한 현실의 구석탱이라도 가꿀 줄 아는 게, 열악한 상황에서도 최선을 다해 최고의 한 컷을 찍어내려고 노력하는 게 인스타그래머구나 싶어서.

그렇게 여긴 까닭은 아무래도 내가 회사에서 비슷한 일을 하기 때문일 테다. 인스타그램 게시물의 한 컷은 광고의 한 장면이나 마찬가지다. 보여주는 상품이 스스로인 것뿐. 24시간 중 어느 순간만이 인스타그램에 오르듯, 오래도록 촬영했을지라도 그중 단 15초, 길어야 30초만이 TV 광고로 만들어진다. 인스타그램을 할 때 한 컷으로 최대한의 감명을 주려 노력을 기울이듯 광고 역시 짧은 순간 누군가의 시선을 잡아채려 모든 것을 동원한다. 방향성을 잡는 기획에만 몇 달이 걸릴 때도 있다. 방향이 정해지면 콘티를 짜고, 제작을 진행할 감독을 섭외하고, 콘티를 바탕으로 감독과 현실적인 예산과 일정을 고려해 세부적인 스토리보드를 구성한다. 비로소 촬영을 시작하게 되어도, 15초짜리 결과물을 찍기 위해 몇 날 며칠이 걸린다. 1초도 되지 않는 짧은 컷이라 할지라도 몇 시간씩 할애해 준비하고 수십 번씩 반복해 촬영한다. 초 단위를 넘어 프레임 단위로 수정을 거친다. 그렇게 만들어진 한 편의 광고는, 들여다보면 셀 수 없이 많은 장치와 노력의 집합체다. 스킵 버튼을 누를 생각이 나지 않도록 궁금증을 유발하는 스토리라인, 자극적인 카피, 눈을 뗄 수 없을 만큼 빈틈없는 화면 구성, 고막을 사로잡는 배경음악, 각 광고에 맞는 소비자를 목표로 한 정교한 매체 운영까지. 어쩔 수 없다. 15초는 짧고, 소비자가 눈을 둘 여지가 있는 모든 순간에 공을 들여야 한다. 일의 규모나 각각의 목적이 다를 뿐 인스타그래머나 광고회사나 하는 일은 비슷한 셈이다.

나는 인스타그램을 꽤 일찍 시작한 편이다. 때는 2013년으로, 상대적으로 기능이 복잡한 싸이월드나 페이스북과 달리 사진 중심의 가벼운 플랫폼이라는 점이 좋았다. 스마트폰 카메라의 화질이 안 좋았던 때라 사진 상태는 영 별로인 데다 대단한 걸 올린 것도 아니었지만, 그 소박함과 저화질에도 불구하고 당시의 게시물을 보면 그때의 감각과 감정이 선명하게 떠오른다. 여름밤의 후덥지근한 공기 아래 친구와 들이켜던 맥주의 밍밍했던 맛, 에코백에 와인 한 병을 넣고서 거리를 걷던 기분, 마음에 드는 술집에 처음 앉았던 순간 느꼈던 분위기 같은 것들이다. 별 대단한 기억이 아니어서 잊히는 게 당연하다고 생각한 순간들이 여전히 네모 칸 안에 들어 있다는 걸 확인할 때마다 나는 인스타그램이 고맙다.

　시간이 지나 주변의 거의 모든 사람들이 인스타그램을 하는 시대가 되었다. 인스타그램을 통해 안부를 주고받는 사람들도 점점 늘어났다. 그러자 아무 생각 없이 게시물을 올리던 계정이 조금씩 신경 쓰이기 시작했다. 내가 아는 모두가, 심지어 모르는 사람도 나를 볼 수 있으니 하나를 올려도 좀 더 공을 들여야 할 것 같았다.

　'있어 보이는' 게 핵심이었다. 뭐가 있어야 하는지 물으면 참 애매한데, 느낌이든 분위기든 돈이든 외모든 아무튼 뭐라도 하나는 있어 보여야 했다. 나 역시 좀 더 의미 있는 순간, 더 예뻐 보이는 구도, 더 좋아 보이는 질감의 사진을 고르기 위해

고심했다. 게시물에 쌓이는 '♥'가 내 하루에 매겨지는 점수처럼 느껴졌다. 줄곧 평가받는 삶을 살아온 나에게 그건 굉장히 익숙한 시스템이었다. 집이나 학교, 회사보다는 훨씬 더 다정하게 느껴지기도 했다. '싫어요' 같은 부정적인 표현 따위 없이 하트만이 존재하는 세상이기에.

♥는 단순히 '좋아요'란 뜻은 아니다. 예를 들면 누가 아프다는 소식을 올렸을 때 누르는 ♥는 그 소식을 반기는 게 아니라, 유감을 표하는 위로의 마음이다. 그러니까 한 번의 클릭으로 이뤄지는 이 단순한 의사 표시는, 아이콘으로도 보여지듯이 '마음' 자체에 더 가깝다. 당신에게 관심이 있다는 소극적인 표현에서부터 모호하면서도 복잡다단한 모든 감정들의 대변. 누가 그렇게까지 생각해? 물론 아무 생각 없이 ♥를 누를 수도 있다. 그래도 나는 비어 있던 ♡가 ♥로 변할 때마다 정말로 마음에 무언가가 차오르는 것 같았다. 알 수 없는 사랑을 눈에 보이게 해주는 것, 그게 인스타그램이었다. 그러니 매진할 가치가 충분했다. 사랑받으려면 노력하는 게 당연한 거니까.

인스타그램을 하는 건 내가 누구인지 공공연하게 드러내는 일이다. 나아가 내가 사랑받을 만한 사람인지 증명하는 일이기도 했다. 나는 꽤 일찍부터 수제 맥주를 좋아했고(벨기에의 수도원 맥주나 람빅lambic), 핸드드립으로 내린 싱글 오리진 커피나 플랫화이트를 마셨으며(특히 산미가 돋보이는 에티오피아나 온두라스의 원두를 좋아했다), 스시 오마카세를 비롯한 파인 다이닝을 문자 그대로 밥 먹듯 찾아다녔다. 인스타그램에 올리려고 그렇게 살았냐고 물으면, 사실 뭐가 먼저인지 조금 헷갈린다. 인스타그램 때문에(덕분에?) 내가 이런 사람이 된 건 절대로 아닌데, 그게 없었으면 이렇게까지 취향을 좁혀가는 시도를 해봤을까 싶기도 하다. 어떤 때는 집 밖으로 나가는 일 자체가 인스타그램을 하러 떠나는 여정이 되기도 했다. 실연을 겪고 슬퍼하고 있을 때조차 인스타그램에서만큼은 행복하고 싶어서 온갖 카페를 찾아다녔다. 찍어줄 남자 친구는 없고 삼각대를 들고 다니는 건 도무지 쿨해 보이지 않아서 지형지물을 활용해 촬영한 뒤 시크한 척 올린 사진이 한두 개가 아니다. 그런 스스로가 우스워서 슬픔조차 잊곤 했다. 그렇게 괴롭고 외롭고 구질구질한 현실 속에서도, 인스타그램 속의 나만큼은 변함없이 하트를 받아냈다. 그리고 그 행복은 인스타그램 바깥의 나에게도 조금씩 전염되었다. 차원이 달라도, 나는 나니까.

이제는 예전만큼 자주 사진을 올리진 않는다. 인스타그램에 덜 집착한다기보다는, 업로드를 판단하는 자체적 기준이 지나치게 높아셨나. 예를 들면 이렇다. 초반에는 평양냉면을 먹으러 가기만 해도 인스타그램에 올렸다면, 그게 일상이 된 이후엔 선주후면을 했거나 깔끔히 완냉했을 때 업로드를 했다. 그것조차 평범하게 느껴지게 된 이후엔 화려하게 생긴 어복쟁반을 시켰을 때나 한겨울의 혹독한 추위에도 불구하고 평냉을 먹으러 갔을 때 업로드를 했고, 이제 평냉으로 올릴 만한 콘텐츠는 다 올렸나 싶었을 땐 외국인 친구를 데리고 먹으러 갔을 때 업로드를 했다. 예전 같았으면 바로 올렸을 법한 사진을 건져도 곧장 인스타그램을 켜는 대신 스마트폰 속의 갤러리에만 차곡차곡 쌓아두었다. 다음 날에 봐도 이 사진이 정말 좋아 보일지, 이게 과연 인스타그래머블한 일이 맞는지, 여러 장 중 어느 사진이 커버 감인지를 따져보느라.

이렇게까지 써놓고 보니 스스로가 정말 지독한 인스타그래머라는 것을 실감한다. 문제는, 진짜 힙한 사람들은 이렇게 안간힘을 쓰지 않는다는 것이다. 보정을 거치지 않은 아이폰 기본 카메라로 찍은 사진들이나 몇백도 채 되지 않는 게시물 수를 가진 계정을 만날 때면, 사랑에 연연하지 않는 그들의 모습이 너무나 쿨해 보이고, 사랑하고 사랑받기 위해 애쓰는 스스로에게 조금 환멸이 난다.

나날이 인스타그램 업로드 빈도가 뜸해지자 주변 친구들이 나에게 물었다.

"너 요새는 많이 바쁜가봐?"

일을 대체 언제 하냐는 질문을 받았던 때나 지금이나, 변함없이 일은 열심히 하고 있습니다만……. 역시 인스타그램 속의 김혜경이 현실의 나보다 언제나 앞에 있다. 저야 뭐, 항상 지켜봐주시는 모든 인친 분들의 '🖤' 뒤에 숨겨진 마음에 감사드릴 따름입니다.

부동산에서 만난 선배님

    광고업계의 귀감이라 할 만한 사람을 업계 바깥에서 만난 적이 있다. 애인과 한창 작업실을 구하러 다닐 때 만난 부동산 사장님이다. 그가 첫 번째로 우리를 데려간 곳은 터무니없이 천장이 낮은 집이었다. 머리 위에 남는 공간은 어린아이의 주먹 하나 정도. 160센티미터 정도인 나는 문제없이 움직일 수 있었지만, 덩치 큰 애인은 영화 〈반지의 제왕〉 속 호빗족의 집을 방문한 간달프처럼 몸을 구부린 채 사방을 두리번거렸다. 우리를 안내하던 사장님도 키가 꽤 컸는데, 돌아보니 그는 어느새 바퀴 달린 의자에 앉아 있었다. 그는 누가 봐도 불편한 상태인 애인은 과감하게 무시한 채 멀쩡히 서 있는 나에게 집중했다.

    "아유, 여자분은 딱이시네. 이 집이 완전 딱이야. 남자분은 워낙에 흰칠하셔서 살짝 불편하실 수도 있긴 한데……."

애인이 흰칠해서가 아니라 천장이 낮은 것이었고 '살짝' 불편한 수준도 아니었지만, 그는 아랑곳하지 않고 팔걸이에 팔을 얹은 채 발을 앞으로 힘차게 움직였다. 먼지 낀 바퀴가 그의 의지에 호응해 힘겹게 데굴거렸다.

"이렇게 움직이면 되긴 하거든요? 천장이 조금 낮은 대신 넓잖아요. 이 가격에 이렇게 넓은 집 절대 안 나와요. 아시죠?"

그는 바퀴 달린 의자에 앉아 유유히 거실을 배회했다. 아니, 저기요, 지금 그 의자에 굳이 앉아 계시는 것 자체가 문제 아닐까요. 천장이 조금이 아니라 많이 낮잖아요. 의자에 앉아야만 돌아다닐 수 있는 게 분명 괜찮은 건 아니잖아요. 따지고 싶은 마음이 울컥울컥 솟는 와중에 사장님의 뒤통수 뒤로 펼쳐진 집이 넓긴 넓었다. 의자에 한번 앉아보시겠냐는 질문을 떨떠름한 웃음으로 거절하며 집을 둘러보는데 사장님의 자신감 넘치는 목소리가 이어졌다.

"집에서 얼마나 서 있겠어요. 화장실 갈 때만 잠깐 움직이지. 그리고 직전에 여기 살았던 분이 바로 건너편에 가게를 하시는 분이었어요. 거기 아시죠? 유명하잖아요. 여기 살다가 대박 나서 집 옮긴 거예요. 터가 좋다니까?"

말도 안 되는 소리 하지 말라며 뛰쳐나오기엔 애인은 뗄 수 없을 정도로 몸을 기울인 상태였고, 나는 어느샌가부터 사장님의 말에 귀를 기울이고 있었다. 그렇지, 집에서 서 있는 건

이동할 때뿐이지. 실거주가 아니라 팟캐스트 녹음을 하고 글을 쓰는 작업실의 용도였기에 성공해서 나갔다는 청년들의 이야기도 심금을 울렸다. 게다가 돈이 많다면 가로세로 다 괜찮은 곳을 구하는 게 당연하겠지만, 처지에 맞춰 포기할 것은 포기해야 하지 않겠냐는 생각도 들었다. (그래도 가로는 건졌잖아?) 조금, 아니 매우 이기적이긴 하지만 사장님의 말마따나 내가 불편할 일은 없기도 했다. 애인이 집값 아끼려다 병원비가 더 나오겠다며 목의 통증을 호소하지만 않았다면 홀린 듯이 계약금을 걸었을지도 모른다.

그 집만 특이하겠거니 싶었는데 연달아 그런 식이었다. 그는 이 동네 청년들의 로망이라는 옥탑방을 보여주겠다며 산을 등반하는 수준으로 가파르게 경사진 해방촌 언덕을 올랐고 (다 왔다는 소리를 들을수록 묘하게 더 지쳤다. 화장실에 다 와 갈수록 더 참기 힘들어지는 것처럼), 이제 도착했다고 한 후에는 엘리베이터가 없는 가파른 5층짜리 건물의 계단을 밟아야 했다. 마침내 옥탑방이 있는 옥상에 다다른 뒤, 그는 정신없이 숨을 헐떡이면서도 이 집이 '따로 운동이 필요 없는 좋은 집'인 데다 '고생한 만큼 풍경이 보답해주는 집'이라고 말했다. 아주 틀린 말은 또 아닌 것 같아서 뭐라고 할 수도 없었다. 옥탑방 내부가 그토록 힘든 여정을 감수할 만큼 좋은 컨디션은 아니었는데도. 그는 계속해서 열변을 토했다. 어느 순간부터는 집이 아니라 그의 옆모습을 바라보게 되었는데, 분노보다는 감탄이 앞섰다. 이 사람, 진짜 일에 진심이구나.

그는 눈에 뻔히 보이는 단점은 과감하게 무시한 채, 사막에서 바늘 찾듯 장점만을 쏙쏙 뽑아내 극대화했다. 낮은 천장과 높은 위치 같은 분명한 단점들이 그의 입을 거치면 감수해볼 법한 요소로 재탄생했다. 설령 완전히 헛소리라 하더라도 무시할 수 없을 정도로, 아니 혹할 정도로 자신감이 넘치는 태도였다. 돌아오는 길 위에서 S는 그가 사기꾼이나 다름없다며, 속아 넘어가지 말자고 신신당부했다.

일을 열심히 했을 뿐인데 사기꾼이란 소리를 들어버린 그의 처지가 나와 비슷하다고 느껴졌다. 그는 부동산을 대행하고, 나는 광고를 대행한다. 그는 집을 팔아 수수료를 받고, 나는 광고를 찍어 제품을 파는 데 기여한 대가로 수수료를 받는다. 그는 그가 짓지 않은 집을 팔기 위해 감언이설을 늘어놓고, 나는 내가 만들지 않은 제품을 팔기 위해 그게 세상에서 제일 특별한 것인 양 그럴듯한 말과 이미지가 나오는 광고를 찍는다. 단점투성이 집을 팔기 위해 애쓰던 그처럼, 나 역시 제품이 내가 찍은 광고에서처럼 특별하게 느껴지지 않을 때도 애를 썼다. 그가 사기꾼이라면, 나는 어떤 사람인 걸까? 사탕발림으로 가득한 광고와 영업의 세계 속에서 미처 단단해지지 못한 의문은 덜 녹은 사탕처럼 마음에 진득한 자국을 남겼다.

결과적으로 나는 그 사장님이 아닌 다른 사람을 통해 작업실을 구했다. 그가 사기꾼이라서가 아니었다. 다른 부동산에서 내가 원하는 조건에 맞는 공간을 보여줬기 때문이다. 회사에서 5분이면 갈 수 있는 원룸이었는데, 방은 좁았지만 마당이 딸려 있었고 무엇보다 월세가 고작 25만 원이었다. 그곳에서 만족스러운 2년을 보냈다. 날아다니는 커다란 바퀴벌레와 사투를 치르기도 하고, 장마철에는 천장에서 떨어지는 물을 받아낸 뒤 실리콘으로 구멍을 메우기도 하는 등 우여곡절을 겪긴 했지만, 애초에 브랜드 아파트가 아니고서야 완벽한 집이 어딨겠어? 하물며 그런 곳들도 층간소음이나 부실 공사로 온갖 불만이 쏟아져 나오는 마당인데. 천장이 낮은 집도 떠올리기만 해도 종아리가 저려오는 집도 그랬을 거다. 누군가에게는 꼭 맞는 장소가 되어주었겠지.

언제나 1등인 제품과 서비스만 광고할 순 없다. 오히려 내가 광고하는 제품이 완벽한 경우란 드물다. 그래도 그게 꼭 필요한 누군가는 분명 있다. 그 제품이나 서비스로 더 나아질 순간을 보낼 수 있는 사람이 있다. 그 누군가에게 닿을 수 있도록 메시지를 만드는 일이 내가 하는 일이다. 이렇게 광고의 역할이 제품을 팔아치우려는 것만은 아니라고 생각하면 나의 마음에 조금쯤 위안이 되고, 계속해서 회사에 다니고 싶다. 그래서 나는 광고를 생각할 때마다 집들을 팔려고 최선을 다해 애쓰던 부동산 사장님을 떠올린다. 그 정도는 해야지 싶다.

아주 개인적인 광고업계 용어 사전

"지금 일정이 좀 바트해서 그런데, 일단 가라로 있어빌리티하게 만들고 얼른 시마이할까요?"

광고회사에서 오가는 아주 일상적인 대화의 단면이다. 이게 대체 뭔 소린가 싶을 텐데, 해석하자면 다음과 같다.

"지금 일정이 좀 급해서 그런데, 일단 정확하지는 않더라도 그럴듯하게 보이도록 만들고 얼른 보낼까요?"

이렇게 다시 써보면 표준 국어로 구성해도 무방하다는 걸 알 수 있다. 그러나 아무도 이렇게 말하지 않는다. 나 역시 익숙해지다 보니 이젠 대체할 말이 쉽게 떠오르지도 않는다. 어째서 외부인들은 알아듣기도 힘든 출처 불명의 용어들을 남발하게 된 걸까?

특유의 말맛 때문이라고 생각한다. 패션잡지에서 온갖

영어 단어들로 문장을 구성하는 것과 비슷하다. '화려하다'와 '고저스gorgeous하다'는 뜻은 같을지라도 느낌이 다르다. 마찬가지로 '급하다'라는 말에 비해 '바트다'라는 말이 좀 더 급박하게 들리는 그 미묘한 차이를 광고업계 사람들끼리는 공유하고 있다. 대부분의 일이 급하기에 때때로 그보다 더 절박한 느낌을 자아내는 표현을 써야 한다는 이유도 한몫한다.

광고업계에서 쓰는 말들을 들여다보면 우리말이지만 아리송하고, 일본어에서 유래된 업계용 은어가 지나치게 많은 데다, 몇몇 영어 표현을 모르면 내용을 이해할 수 없는 지경이다. 나열하자면 끝도 없지만, 인상 깊었던 말들을 이곳에 적어 나누어본다.

1. 니스 합성어

형용사에 'ness'를 붙이면 명사가 된다는 영문법을 십분 활용한 표현이다. 그러나 광고회사에서는 형용사에 국한하지 않고 아무 단어나 쓴 다음 그 뒤에 'ness'를 붙이기에, 놀라울 정도로 용례가 무궁무진하다. 문법부터 모든 게 엉망진창인데 뜻은 본능적으로 이해할 수 있다는 것이 이 합성어의 묘한 지점이다. 한번은 기획서를 검토하던 팀장님이 말씀하셨다.

"와우니스wowness가 좀 없지 않아?"

처음 듣는 데다 포털에 검색해도 찾을 수 없지만 무슨 뜻인지 직감했다. 예측했던 대로, 'wow'라는 감탄사가 나올 만큼 새롭거나 놀라운 요소를 뜻하는 말이었다.

이 합성어는 근본이 없음에도 불구하고, 광고를 만드는 과정에서 제품의 본질에 대해 짚고 넘어갈 때 자주 쓰인다. 무작정 대중의 이목을 끌려고 하기보다는 제품이 지닌 가치부터 출발해야 의미 있는 결과물이 나오기 때문이다. '화장품이 추구해야 할 본질적인 가치는 무엇인가? 화장품은 소비자에게 어떤 의미를 주어야 하는가?'라는 질문을 연달아 던지는 대신 기획서에 대뜸 '화장품니스'라고 적는 식이다. 만약 커피 제품이라면 '커피니스', 참치 제품이라면 '참치니스'라고 하는 등 무한한 변주가 가능하다. 이런 합성어 하나면 구구절절 표현하지 않고도 제품의 특징, 감성 등을 한마디로 싸잡아서 편하게 쓸 수 있다는 장점이 있다. 물론, 그런 생각을 공유할 수 있는 사람들이 있는 회의에서만 쓴다.

이 단어를 우리말로 바꾸자면 '다움'으로 대체할 수 있겠다. 그런데도 굳이 영어인 'ness'를 쓰는 이유가 뭘까? 낯선 언어를 쓰면 좀 더 제품을 새롭게 규정하는 인상을 심어줄 수 있기 때문이라고 추측해본다.

2. 아삽

As Soon As Possible, 줄여서 ASAP. 실제 영어 발음은 '에이셉'에 가깝지만 '아삽'이라고 쓰는 것이 포인트다. 광고회사가 아니어도 직장인들이라면 대부분 익숙할 표현이라고 생각한다. 나는 '삽'이라는 음절 때문인지 이 말을 쓸 때마다 빠르게 삽질하는 이미지를 떠올린다.

광고회사에서 진행되는 업무의 기한은 대부분 아삽이다. 그런데 '가능한 한 빠르게'에서 말하는 가능성이 사람마다 다르다는 게 문제다. 5분이면 될 것 같은데 상대방은 50분이 필요할 수도 있다. 혹은 내가 50분이 걸릴 거라고 예상한 일을 상대방이 5분 만에 해결할 수도 있다. 때문에 아삽이라는 말은 기한이 정말 아삽이 아닌 상황에서도 남발되는 것 같다는 생각이 든다. 일단 아삽이라고 말해두어야 최선을 다해줄 것 같기 때문이다. 서로 피곤해지는 불신 사회의 폐해다. 개인적으로는 아삽이라는 말을 잘 쓰지 않는다. 진짜 급할 때는 차라리 명확한 마감일을 제시하는 게 낫다.

3. 겐또

겐또는 '예측' '가늠' '짐작'으로 풀이되는 일본어 겐토けんとう에서 유래된 말이다. 어렸을 때 경상도가 고향인 아빠에게 '시험 볼 때 모르는 거 나오면 적당히 겐또라도 쳐라'라는 말을 많이 들었기에 이 말만큼은 익숙했다. 회사에서는 이렇게 쓰인다.

"이번 프로젝트 예산 얼마니?"

"자세히는 확인해봐야 합니다."

"겐또로는?" (대충 예상치나 눈치껏 파악되는 부분이라도 알려

달라는 뜻)

　단독으로도 쓰이지만, 그 이후에 붙는 동사가 다양한 점이 재밌다. 쓰는 사람의 취향에 따라 '때리다' '치다' '찍다'라는 동사가 달리 붙는다. 나는 '치다'라는 동사를 선호한다. 요즘 MZ세대들은 '잘한다'라고 말할 때 종종 '좀 친다'라는 말로 대신한다는데, '겐또 친다'라고 하면 꽤나 정확하게 무언가를 예상해내는 느낌이 든다.

　덧붙이자면, 비슷한 뜻을 가진 영어 버전의 합성어로는 '어바웃about하게'가 있다.

4. 데꼬보꼬

　'데코보코'라고 발음하는 게 맞지만, 된소리를 강하게 내어 '데꼬보꼬'라고 말한다. 함께 일하는 후배의 말로는 '무슨 뜻인지 유추도 안 되는데 알고 나선 끊을 수 없는' 표현이란다. 뜻을 안다 해도, 실제로 써보지 않으면 좀체 용례를 가늠할 수 없는 실전용 단어다. 일단 뜻은 '불균형'을 가리키며, 역시나 일본어다. 국립국어원에서는 '울퉁불퉁' '올록볼록' '요철' 등으로 다듬어 쓰기를 권고하고 있다. 문제는 그 예시들이 광고 회사에서의 쓰임새를 다 담아낼 수 없다는 점이다.

　이 표현은 주로 화면을 구성할 때, 특히 밋밋해 보이는 그림을 지적할 때 쓰인다. 명암대비, 보색대비, 채도대비와 같이 '대비'되는 상황이 주는 리듬감이 필요하다는 뜻이다(색상뿐만 아니라 다양한 요소에 모두 적용된다). '강강강'의 리듬으로는 시끄러운 소음이 되기 마련이기에, 천천히 올라가다가 빠르게 떨어지는 놀이기구처럼 '강약중강약'의 리듬으로 조절해야 소비자를 매혹할 수 있기 때문이다.

물론 이 역시 길게 풀어 쓰면 조금이나마 순화할 수 있다. 구체적인 표현은 상황에 따라 다르겠지만, '강약을 조절하면서 리듬감이 느껴지도록 전체적으로 다양성을 부여해봐' 정도가 되지 않을까. 그런데 말이 너무 길어지니 '데꼬보꼬를 좀 더 줘봐'가 되는 것이다. 긴 수식을 '데꼬보꼬'라는 네 음절로 압축해버리니 아무래도 편리하다. 시간은 금이니까 언어에도 가성비를 따지고 들면 어쩔 수 없는 결과다. 다만 이럴 때마다, 적어도 광고회사 사람들만큼은 요즘 젊은이들이 아무 말이나 줄여 쓴다고 지적하면 안 되겠다는 생각이 든다.

5. 아사모사

개인적으로 제일 좋아하는 표현이다. 일본어에서 유래된 단어처럼 보이지만, 의외로 그렇지 않다. 올바른 표기는 어사무사於思無思로, '생각이 날 듯 말 듯'이라는 뜻이다. 비슷하게 '알 듯 말 듯 애매모호하게'라는 의미로 쓴다. '아사모사 잘 좀 해봐'라는 말은 확실하지 않은 내용을 진행해야 할 때 다른 사람이 눈치채지 못하도록 하란 뜻이다. 포토샵에서 이미지의 투명도를 조절하듯, 100퍼센트 자신할 수 없다면 85퍼센트 정도의 자신감으로 희미하게 말하는 것이다. 누구도 쉽게 알아챌 수 없도록 적당히 그럴싸해 보이게. 이 말을 쓸 때면 담을 넘어가는 구렁이로 변신한 것 같아서 기분이 좋다. 책잡히지 않으려고 애쓰는 정치인이나 연예인이 된 기분을 맛볼 수도 있다.

2018년에 방송된 KBS 〈우리말 겨루기〉 프로그램에 이 단어가 등장했을 당시에는 온라인 포털사이트 실시간검색어 목록에 올랐다고 한다. 그 후로 몇 년도 더 지났지만, 대부분의 사람들은 여전히 '어사무사'보다는 '아사모사'라고 쓴다. 앞으로는 나라도 어사무사라고 말해야겠다. 사람들이 이상하게 생각할지도 모르겠지만 그러다가도 나의 작가다움에 탄복하기를 기대해본다.

6. 히뜩하다

희번덕 뜬 눈이 연상되는 말이다. 딸꾹질이 일어날 것 같은 느낌이 들기도 한다. 이 표현은 언제나 '새로운 것'을 추구하는 아이디어 회의에서 자주 등장한다. '평범한 거 말고, 봤던 거 말고. 뭐 히뜩한 거 없어?' 새롭다거나 신박하다는 말이 있음에도 굳이 '히뜩하다'라는 말을 쓰는 건, 새롭다는 말 자체가 새롭지 않기 때문이다. (와중에 이 글을 쓰면서 '신박하다'는 표현이 게임에서 유래된 신조어라는 사실을 알게 되었다. 우리말, 어디에서 와서 어디로 가는가!)

사전에 등재된 '히뜩'의 뜻은 이러하다. '언뜻 휘돌아보는 모양' '맥없이 넘어지거나 동그라지는 모양'이라는 부사. 과연 이 '히뜩'이 내가 아는 '히뜩'이 맞나 싶은데, 새로운 아이디어는 사람을 돌아보게 만들고 신박한 아이디어는 사람을 놀라자빠지게 만든다는 점에서 그럴싸하다는 생각도 든다.

7. 짜치다

"광고회사는 그래도 멋지잖아. 드라마 소재로도 종종 나오고."

"아, 네가 몰라서 그래. 완전 짜쳐."

"짜증 난다고?"

'짜친' 일로 인해 결과적으로 짜증이 날 수도 있겠지만 뜻은 다르다. 광고회사에서 가장 먼저 배운 용어이자 제일 자주 쓰는 말인데, 예상 외로 사람들이 잘 모르는 표현이다. 심지어 친구 중 한 명은 '짜치다'라는 말이 '짜파게티에 치즈 추가'의 준말이냐고 물은 적도 있다. 안타깝게도 그렇게 좋은 뜻은 아니다. 원래는 '쪼들리다'라는 뜻의 경상도 방언인데, 구리고 하찮고 허접하고 보잘것없고 별로인 것들을 거칠게 칭할 때 쓴다.

회사에 다니는 친구들과 이야기를 나눌 때마다 생각보다 광고회사에 대한 환상을 품은 사람들이 많다는 사실을 깨닫는다. 물론 연예인을 볼 일도 종종 생기고, 새로운 브랜드를 빠르게 접하기도 하고, 일의 결과물이 공공연하게 TV에 등장한다는 점에서 광고회사에 다니는 일은 일견 화려해 보인다.

그러나 내가 생각하기엔 '짜치다'라는 말이 광고회사의 업무를 가장 잘 표현해준다. 높이뛰기에서 멋지게 공중을 나는 것처럼 보이는 게 한순간이듯, 광고회사의 일도 마찬가지다. 제대로 주목받지 않는 달리기와 도움닫기의 과정이 더 길고 또 중요하다. 온종일 전화를 받고, 엑셀 파일 속 숫자가 맞는지 대조하고, 기획서의 오타를 찾아내고, 더 많은 정보를 찾기 위해 인터넷을 뒤지는, 그야말로 '짜친' 일들 말이다. 그래도 그런 과정을 제대로 거쳐야 더 높게 뛰어오를 수 있을 테다.

8. 겸손하지만 자신감 있게

비슷한 예로 '내추럴하지만 고급스럽게' '클래식하면서 모던하게' '심플하지만 화려하게' '힙하면서 자연스럽게'가 있다.

대체 뭔 소리야? 그러나 광고주의 요청이란 대개 이런 식이다. 그들의 말을 들을 때면 나는 따뜻한 아이스아메리카노나 미지근한 스무디를 주문받는 카페 아르바이트생이 된 것 같다. 카페 알바생은 메뉴판에 없는 그런 몰상식한 주문 따위 받지 않을 수도 있지만, 광고회사에서 일하는 나는 어떤 주문도 거절할 수 없다. 따뜻한 아이스아메리카노라, 그럼 일단 에스프레소를 내리고 얼음을 하나씩 넣어보면 될까요? 당신의 손이 따뜻하면서도 어느 정도 차갑다고 느낄 수 있을 때까지요! 놀랍게도 일이 정말 이딴 식으로 진행된다. 얼음 하나를 빽 때마다 이 온도와 농도가 입에 맞는지 드셔보시라고 광고주에게 들이미는 일의 반복이 곧 광고 제작의 지난한 과정이라고 할 수 있겠다.

매번 '대체 어쩌라는 거야' 싶지만, 생각해볼수록 어쩔 수 없는 것 같아서 이젠 포기하기로 했다. 애초에 사람의 마음이란 게 복합적인 거니까. 자신이 원하는 걸 분명하게 알고 있었으면 굳이 남에게 맡겼을까. 이런저런 아이디어를 다 받아보고 싶으니까 우리한테 일을 줬겠지…… 그런데 나 언제부터 이렇게 납득해버렸지?

9. 광고주가 싫다고 합니다

광고회사에서 쓰면 무지개 반사급으로 강력한 힘을 갖는 말이다. 무지개 반사란 말싸움 상대의 모든 말을 무력화하는 어마어마한 기술인 '반사'의 상위 개념이다(이제는 더 강력한 반사 기술들이 등장했다고 하지만, 내 유년 시절엔 무지개 반사를 외치는 사람이 최강자였다). 광고를 만들기 위한 모든 단계에서 광고주의 승인은 필수적인데, 광고주의 '싫다'는 말 하나면 모든 노력이 수포로 돌아간다. 싫다는 데에 합리적인 이유가 있을 때도 있지만, 그 누구도 원인을 헤아리지 못할 때도 부지기수다. 후자가 반복될 경우, 나침반 없이 망망대해를 떠다니는 심정으로 일하게 된다.

함께 일하는 사람들에게 광고주의 의견을 전달하면서, '얼른 요청 사항을 반영해주세요!'라는 뜻을 내포한 말로 쓰기도 한다. 하나의 프로젝트에는 다양한 부서의 사람들이 속해 있지만, 회사를 대표해 광고주와 직접적으로 대화하는 건 대부분 내가 속한 AE부서다. 광고주와 협의하는 일도 쉽지 않은데, 광고주의 뜻을 다른 사람들에게 전달하고 의견을 조율하는 일도 만만치 않다. 그러니 때로는 마치 황제의 옥새를 빌려 쓰는 것처럼, '광고주가 싫다고 합니다'라는 말로 모든 상황을 단숨에 정리한다. 오남용은 하지 말자고 언제나 다짐하고 있다.

회사의 일원이 되어 그 업계에 속하는 건 또한 언어를 공유하는 일이다. 회사의 일은 혼자가 아닌 협업을 전제로 하기 때문이다. 사람들과 의견을 나누고, 미세한 어감의 차이를 가늠해가며 의견을 좁히고, 급한 일정에 긴밀하게 대응하기 위해선 공동의 언어를 익히는 일이 필수적이다.

이들을 한데 정리한 사전은 없다. 이른바 '실무 용어'들이 그렇듯 구전으로 내려온다. 나 역시 선배들의 말을 통해 자연스럽게 배웠다. 어떤 건 대체재가 떠오르지 않을 정도로 굳어졌고, 어떤 건 입을 맴돌기만 하다 자리를 잡지 못하고 사라졌다. 그리고 그 와중에도 계속해서 새로운 언어가 탄생한다.

이런 용어들을 쓰다 보면 모두 우리말로 순화하면 좋겠다는 생각이 들 때가 있다. 그렇지만 회사에 다닐수록 꼭 그 단어여야만 했던 광고인들의 애환을 점점 더 깊이 느꼈다. 표준어로 대변할 수 있는 표준적인 감정보다 훨씬 높거나 낮은 감정들을. 놀랍고 새로운 무언가를 간절히 염원하는 마음을.

　나는 광고회사에 다니는 사람들이 아니라면 이해하지 못할 말을 동료들과 주고받으며 낄낄거리고, 기획서에서나마 내가 맡은 제품을 더 새롭게 보여주고 싶어 온갖 단어를 합성하곤 한다. 그럴 때마다 언어의 연금술사가 된 것만 같다. 비금속으로 금을 빚어내기보다는 금을 비금속으로 분해해버리는 것에 가까울 때가 더 많지만.

　앞으로 나는 어떤 말을 쓰고 또 버리게 될까. 광고회사에 다니는 동안에는 계속해서 광고회사의 언어를 쓰게 될 것만은 분명하다.

가라から　일본어로 가짜를 뜻한다. 가짜라는 단어는 된소리가 너무도 세기 때문에 '가라'라고 부드럽게 흘려 말하는 경향이 있다…… 고 개인적으로는 생각한다.

바트해서　형용사 '밭다'에서 비롯된 말로, 사전에 따르면 '밭아서'가 맞는 표현이다. 하지만 어째서인지 회사에서는 모두 '바트하다' 또는 '바트해서'라고 말한다. 이젠 이렇게 굳어진 표현이 더 익숙하다.

시마이しまい　일본어로 끝맺음을 의미한다. 잔재를 청산하고 우리말을 아껴줍시다.

있어빌리티　'있다'와 영어로 '능력'을 뜻하는 '어빌리티ability'의 합성어다. 있어 보이는 능력을 의미한다. 특별한 무언가로 보여야 하는 광고를 만드는 광고업계에서 아주 중요한 능력이라고 할 수 있겠다.

대충 힘내면 어떻게든 해결된다

대부분의 광고회사에는 야근수당이 없다. 급여에 이미 야근수당이 포함되었기 때문이다. 그 정도로 야근이 당연하다는 소리다. 정말 바쁠 때는 퇴근도 소용없다. 어디에 있든지 연락이 오는 순간 출근하는, 이른바 광고주의 24시간 대기조가 된다. 그렇게 살다 보면 '인생의 주인공은 나'라는 말이 까마득하게 느껴진다. 저는 그냥 광고주를 중심으로 공전하는 광고회사라는 행성…… 이 끌어당기고 있는 우주먼지 정도겠죠…….

퇴근이 기약 없는 만큼 하루가 더디게 흐른다. 그런데 그런 날들이 모이자 급류가 되었다. 지난 몇 년이 어떻게 흘렀는지 모르겠다. 그 시간을 돌이켜보는 일 자체로도 마치 경사가 급한 물길 위에서 플룸라이드를 타고 쏜살같이 내려가는 기분이 든다. 재밌다기보다는, 놀이기구에 강제로 태워진 것처럼 대단히 역동적으로 심사가 뒤틀리고, 물이나 잔뜩 맞는 기분에 가깝다. 회사에서 자타공인 제일 바쁜 부서로 옮기게 된 후로는 더더욱 그렇다. 이 망할 플룸라이드에서 언제 내릴 수 있나요?

눈을 깜빡거릴 때마다 해야 할 일이 쌓였다. 메일과 문서 속 빼곡한 글자들이 목을 옥죄며 숨통을 틀어막는 것 같았다. 안 되는 걸 되게 하기 위해, 앞으로 10년 동안은 쓸 수 있을 열정을 이놈의 회사에 다 쏟아부은 것 같다. 그래봤자 내 월급이 달라지는 것도 아닌데(물론 주말 근무 수당과 심야 근무 수당은 나온다. 그러나 그건 몹시 당연한 일이고, 이 정돈 그냥 포기하고 쉬고 싶다)! 젊을 때 고생은 사서도 한다는데 이 정도면 과소비다. 아침에 일어나면 지겹다는 말이 먼저 나왔다. 아, 지겨워.

이렇게 흘러가듯 살다가 문득 정신을 차리고 보면 순식간에 늙어 있을 것 같았다. 갑작스레 플룸라이드에서 끌어내려졌는데, 닦을 무언가도 힘도 없는 데다 걷는 방법도 잊어버린 그런 처참한 상태로. 그렇다면 한동안 멈출 일 없는 이 플룸라이드에서 자진해서 뛰어내리는 게 최선일까? 주변의 동료들은 계속해서 퇴사했다. 한때 40명이 넘었던 동기들은 이제 절반도 남지 않았다. 코로나19와 함께 대퇴사 시대가 도래하면서 그간 감사했다는 퇴사 메일을 하루에 두 번 받은 적도 있다. 나도 관둬야 하나? 친구 따라 강남 가고 싶단 마음은 아니다. 그저 퇴적층의 맨 밑에 깔린 기분이 드는 게 싫을 뿐이다.

사람들은 종종 언제 회사를 관둘 거냐고 묻는다. 제일 빨리 나갈 것 같았는데 아직도 있는 게 의외라는 말도 많이 들었다. 아무래도 팟캐스트도 하고 글도 쓰면서 이리저리 다른 일을 벌이기 때문일 테다. 그러나 오히려 나는 그런 다양한 일들을 하기에 계속해서 회사에 다닌다. 돈이 되지 않는 일들을 해보면 안정적인 월급을 주는 직장의 소중함을 깨닫게 된다.

무엇보다 나는 힘든 것과는 별개로, 내가 하는 일을 좋아한다. 애초에 광고가 좋아서 들어온 회사다. 여전히 이 일이 재밌고, 보람도 있고, 배우는 것도 많다. 사회의 최신 트렌드에 민감하게 안테나를 세우고, 매번 새로우면서도 적합한 아이디어를 내기 위해 머리를 굴리고, 사람들과의 원활한 커뮤니케이션을 위해 노력하는 일은 나 자신을 좀 더 괜찮은 사람으로 만들었다. 회사를 10년 가까이 다녔는데도 여전히 일이 쉽지 않지만, 그 사실마저 계속해서 내 도전 의식을 불태우는 동력이 된다.

일이 주는 의미를 떠나 출퇴근을 반복하는 삶 자체도 좋다. 출퇴근이라는 고정적인 스케줄이 없었다면 내가 제대로 살 수 있었을까 싶다. 무슨 일이 벌어져도 아침에는 출근해야 하니까 술도 적당히 마실 수 있고(그게 적당하냐고 물으면 할 말이 없다), 출퇴근길을 오가며 최소한의 열량 소모라도 할 수 있고(재택근무를 했을 때 열 걸음도 걷지 않는 스스로를 보며 충격받았다), 사내 식당에서 꼬박꼬박 제때 밥을 먹을 수도 있다(심지어

설거지도 해준다).

내가 언제까지 이런 마음일지는 나도 모르겠다. 따지고 보면 회사를 다닐 이유도 그만둘 이유도 충분한데, 나의 마음이 이쪽으로 기울어져 있을 뿐이다. 그러니 현재로서는 직장인으로서 잘 살아가기 위해 노력하는 수밖에. 피할 수 없다면 즐기라는 누군가의 명언이 떠오른다. 밀레니얼세대는 즐길 수 없으면 피한다던데…… 밀레니얼이 포괄하는 세대가 너무나 광범위한 나머지 저 같은 사람도 존재하는 것이겠죠.

즐기는 것도 퇴사도(하다못해 퇴근도) 다 어려운 '즐퇴양난'에 빠진 회사 생활. 당장 해결할 수 없는 문제들이라면, 마음이라도 다스려야 한다. 급하게 흘러가는 와중에도 나만의 흐름을 찾을 수 있도록. 그게 대체 어떻게 가능하냐는 생각이 든다면, 플룸라이드에서 가장 급격한 경사를 지난 후에 맞는 포토타임에서 아무 일 없는 듯 평온한 표정으로 사진을 찍는 사람들을 떠올리면 되겠다. 그 사람들은 대체 무슨 생각으로 그렇게 아무렇지 않은 척할 수 있었을까?

나의 경우에는 납득할 수 없는 피드백과 끝없는 수정이 이어질 때 감정이 가장 급한 경사로를 탄다. 광고란 최고를 뽑아내는 게 아니라 최선의 결과물을 내야 하는 일이다. 어떤 아이디어를 내건 최종적인 결정은 광고주가 하기에 언제나 내가 생각한 대로 일이 진행되지는 않는다는 뜻이다. 그럴 때마다 나는 이렇게 생각한다. '난 고작 이런 거에 지지 않아…… 그렇지만 이길 필요도 없지!' 이렇게 생각하면 한결 마음이 놓인다. 애초에 회사 일이란 게 이기고 지는 싸움이 아니기에 굳이 덤벼들 이유가 없다. 악으로 깡으로 주장을 관철하려 할 필요도 없다. 게다가 내가 생각하는 최고가 정말 최고라고 어떻게 장담하는가? 그런가 하면, 끝이 보이지 않아 지칠 때는 또 이렇게 생각한다. '대충 힘내면 어떻게든 해결된다!'

힘이 안 나면 억지로 내지 말자. 지나치게 힘을 주고 걸으면 다리에 쥐가 나서 움직일 수조차 없듯 노력에도 적당한 완급 조절이 필요하다. 아니, 노력이라는 말 자체를 생각하지 말자. 노력이 아니라 이제부턴 NO力이다. 대충 힘내는 척만 해도 이 시기가 충분히 지나갈 것이라고 믿으면서 떠올려보자, 프로젝트가 끝난 뒤의 내 모습을. 모든 일은 언젠가 끝나고, 삶은 프로젝트의 흥망성쇠를 따라가지 않는다.

비슷한 맥락으로 회사 동료와 '일희일비하지 말자'라는 말을 자주 나누기도 한다. 일은 일일 뿐이니까 지나치게 마음 쓰지 말자는 다짐이다. 그런데 쉽게 과몰입하는 나의 특성상 이 말을 지키기가 너무 힘들어서 요즘엔 생각을 바꿨다. '나는 사소한 것 하나에도 기뻐하고 슬퍼할 줄 아는 사람이야!'라고. 네, 정신 승리 맞고요. 그래도 승리는 승리니까요.

꼴도 보기 싫은 메일을 봤을 때는 모든 문장 끝에 이응 받침을 넣어 읽는다. '전달해주세요'는 '전달해주세용'이 되고

'빨리 회신 주세요'는 '회신 주세용'이 되는 식이다. 그러면 모든 일이 사뭇 귀엽고 하찮게 느껴져서, 조금이나마 너그러운 마음을 갖게 된다.

이도 저도 못 할 것 같을 땐 그냥 술을 마신다. 하루가 24시간이라는 생각은 버려! 눈을 뜨면 하루의 시작이고 감으면 마감일진대, 자정에 퇴근해도 술은 마실 수 있다. 마구잡이로 취해도 좋고, 좋은 바에서 제대로 된 한 잔을 마셔도 기쁘다. 물론 한 잔만 마시고 귀가하는 일은 대체로 일어나지 않아서 숙취로 고생할 때가 많지만, 이 숙취라는 것에도 순기능이 있다. 바로 숙취가 너무 지옥 같아서 상대적으로 회사 일이 덜 힘들게 느껴진다는 것. 바쁘게 일하다 보면 건강이 뒤로 밀려날 때가 많은데, 숙취에 시달릴 때만큼은 내 몸 상태가 어쩔 수 없이 제일 중요해진다는 것. 평소라면 전전긍긍했을 일도, 화장실부터 다녀와서 시작해보자고 조금이나마 느긋해질 수 있는 것. 한번은 프로젝트가 끝난 후 회식 자리에서 팀장님에게 이렇게 질문한 적이 있다.

"이번 프로젝트 중에서 언제 가장 힘드셨어요?"

생각만 해도 울렁거리는 각종 난관들을 떠올리며, 과연 이 프로젝트에서 제일 고생한 팀장님은 무엇을 이야기할지 기대했다. 1차 수정? 2차 수정? 12차 수정? 아님, 예산 협의할 때? 촬영할 때? 대체 뭘까?

"술 마신 다음 날."

곱씹을수록 이상할 정도로 기분이 좋아지는 답이었다. 프로젝트를 하면서 제일 힘들었던 순간의 원인이 스스로의 결정에서 비롯되었다는 것 자체가 좋았다. 나를 휘두를 수 있는 건 그 누구도 아닌 나뿐이라는 생각이 들어서였다. 물 대신 술이 흐르는 플룸라이드를 탄 거라고 생각하면 인생은 좀 더 즐거워진다.

물론 언제까지고 술로 문제를 해결할 수는 없다. 다들 술 좋아하기로 소문난 나의 건강을 몹시 걱정해주는데, 나야말로 음주의 지속 가능성에 대해 제일 치열하게 고민하는 사람이다. 나의 신체는 생각보다 강인하지 않다는 걸 실시간으로 깨닫고 있다. 시간이 지날수록 예전만큼 달릴 힘이 없어지고, 지나치게 바쁠 때면 오히려 신경이 곤두서 있어서 술을 마시면 더더욱 피곤해진다. 한두 잔 가볍게 곁들이거나 대대적인 기분 전환을 위해 아예 각오하고 술을 마실 게 아니라면 전처럼 마구 달릴 수 없다.

무리하지 않고도 쉽게 나만의 호흡을 되찾는 방법을 찾아야 한다. 일단 제가 찾은 호흡법을 가르쳐드릴게요. 입을 크게 벌리시고, 맛있는 걸 쏙 넣으시고, 크게 숨을 내쉬어보세요! 다 먹고 살자고 하는 일인데 대충 먹지 말고요. 제대로 챙겨 먹는 일은 너무나도 중요하다. 그때그때 잘 먹는 것도 좋지만, '때'에 맞는 음식을 먹으면 더 좋다. 훌쩍 지나가는 일 년을 시시때때로 붙잡고 추억할 수 있도록 계절을 알아차릴 수 있는 제철 음식을 챙겨 먹는 것이다. 봄만 해도 냉이나 달래가 든 찌개, 두릅 숙회, 도다리쑥국, 주꾸미, 알이 꽉 찬 꽃게 등이 떠오른다. 거창하게 차려 먹을 필요도 없다. 삼겹살을 먹을 때만이라도 미나리를 함께 구워 먹으면 봄을 물씬 느낄 수 있다. 먹는 것만으로 계절에 대한 감도가 높아진다. 식비가 많이 나오긴 하겠지만, 이참에 월급의 소중함도 다시금 느껴봅시다.

먹고 마시는 일 외에도 중요한 게 있다. 하루 종일 회사에서 뜨겁게 달아오른 머리와 마음을, 회사와 관련 없는 것들로 식혀주는 일이다. 이미 하루의 대부분을 회사에서 보낸 직장인은 퇴근 후에도 회사로부터 완벽히 분리되기 힘들다. 머릿속은 미처 해결하지 못한 일들로, 마음속은 복잡한 감정들이 지나간 흔적으로 어수선하다. 그러나 추가 수당을 받는 것도 아니면서 24시간 회사에 저당 잡힌 것처럼 살 수는 없다! 받는 만큼만 일하는 현명하고 건강한 직장인이 되기 위해서는 회사와 일상을 분리하는 나만의 루틴을 만들어야 한다.

가장 간단하면서도 빠른 방법은 명상이다. 회사를 오래 다니는 동료들을 보면 스마트폰에 꼭 명상 앱이 하나씩 깔려 있다. 다양한 앱을 볼 때마다 저마다의 고군분투가 느껴진다. 나의 경우에는 타이머가 주요 기능인 단순한 앱을 선호한다. 명상을 유도하는 별다른 장치가 있는 것은 아니지만, 정해진 시간 동안 차분히 호흡을 정리할 수 있게 해준다(그럼 그냥 타이머를 써도 될 것 같긴 하지만, '명상 앱을 켠다'는 행위가 좋다).

명상은 단 5분만으로도 효과가 있다. 앱을 켠 뒤, 눈을 감고 가장 편안하게 느껴지는 곳에 앉는다(나는 사실 거실 소파에 눕는다). 집 안의 공기를 받아들이고 몸속에 쌓인 회사의 공기를 바깥으로 빼낸다는 느낌으로 천천히 숨을 내쉬고 마신다. 5분의 짧은 명상이 끝나면, 나는 회사에서 공기 한 줌 가져오지 않은 말끔한 김혜경이 된다.

요즘에는 달리기도 꾸준히 하고 있다. 3일에 한 번씩 5킬로미터 정도를 쉬지 않고 천천히 달린다. 처음 1킬로미터를 지나는 동안이 제일 힘들다. 종일 앉아 있기만 했던 몸이 제대로 풀리지 않아 무겁게만 느껴진다. 이대로 돌아가고 싶은 마음을 꾹 참고 2킬로미터 구간을 돌파하고 나면 그때부터 비로소 활력이 생긴다. 뇌부터 몸 구석구석까지 피가 쫙 돌면서 개운해지는 감각은 달려본 사람만이 알 수 있다. 저녁에 선선한 바람을 쐬며 스쳐 지나가는 야경을 보고 있노라면 어쩐지 차가운 도시의 커리어 우먼이 된 것 같은 느낌이 들어서 으쓱해지기도 한다. 그렇게라도 직장인인 나 자신을 사랑해봐야지, 뭐.

나 뛰고 나면 힘들어서 잡생각은 들지도 않는다. 음주 후 숙취와 비슷한 방식으로 내 몸을 힘들게 만듦으로써 일에 대한 스트레스에서 벗어나는 것인데, 그보다 훨씬 건강하다는 점에서 추천할 만하다. 술과 '달린다'는 동사를 공유한다는 것도 마음에 든다.

세상엔 제각각의 노력이 있다. 떠나기 위한 노력, 버티기 위한 노력, 고이지 않기 위한 노력 등등. 그 노력의 형태가 대단하지 않아도 된다. 힘들이지 않고 오래 할 수 있는 게 더 중요하다. 잘 쉬고, 잘 먹고, 잘 움직이고…… 너무 당연한 것들인가? 그런데 그 당연한 것조차 당연하지 않은 직장인들이 너무나 많으니까. 직장인 여러분, 우리 모두 오래오래 월급 받으면서 가능하면 즐겁게 살아봅시다. 내 인생이니까 내 분량을 좀 더 챙겨보면서요. 그렇게 살다 보면 언젠가 인생의 주인공이 나인 것처럼 느껴지는 때도 오겠죠.

하루의 대부분은
회사에서 보냅니다

최초의 사회생활은
노래방에서 시작되었다

생애 최초의 사회생활은 노래방에서 시작되었다. 노래방이 아니라면 달리 친구들과 시간을 보낼 곳이 마땅치 않던 때였다. 베프라면 함께 떡볶이와 어묵과 피카츄 돈가스를 먹은다음 노래방에서 사장님이 보너스로 무지막지하게 넣어주는시간을 전부 다 쓰고 나오는 게 당연했다(보너스 시간을 남긴다?그럼 제대로 놀 줄 모르는 아쉬운 친구 되기에 십상이었다. 지금으로따지면 기껏 따라준 비싼 술을 남긴 셈이라고 해야 하나). 우정을 다지는 이 유일한 길은 나에게 너무 가혹했다. 어두컴컴한 방에갇혀 모두의 주목을 받으며 내 목소리를 열 배쯤 더 크게 들어야 하는 것도 끔찍했고, 갈 때마다 제대로 놀 줄 아는 사람임을증명하기 위해 생쇼라도 해야 할 것 같은 압박감도 부담스러웠다. 무엇보다 나는 노래를 더럽게 못 불렀다. 삑사리 내기는 쪽팔리니 크게 부르진 못하겠고, 자신감 없는 쉿소리가 마이크를 통해 증폭되기까지 한 걸 듣고 있노라면 그나마 짜낸 용기마저 쭈그러들었다. 음역대도 문제였다. 여자 노래는 너무 높고 남자 노래는 너무 낮았다. 노래 좀 부른다는 친구들은 프로그래머 못지않은 전문적인 손놀림으로 노래방 리모컨을 눌러대면서 음정을 조절하곤 했지만, 그것도 다 자기 음정을 정확히 아는 친구들이나 부릴 수 있는 묘기였다.

　서글펐다. 노래가 나와야 할 타이밍에 맞춰 가사의 색깔이 바뀌기까지 하는데 그거 하나 못 맞추는 게. 불러야 할 타이밍보다 먼저 목소리가 나와서 멈칫하거나 자막을 뒤늦게 따라갈 때마다 묘하게 싸해지는 분위기가. 난 결국 신고식을 치르듯 초반에 모두가 아는 한두 곡 정도를(「낭만고양이」나 「매직 카펫 라이드」 같은 거) 애써 신난 척 부른 뒤 탬버린 치는 역할을 자처했다. 이 탬버린도 한 방에 두 개 정도만 지급되는 물품인지라 나름 경쟁이 치열했다. 검색 능력이 탁월해 리모컨 조작을 맡거나 노래를 잘해서 마이크를 놓지 않을 게 아니라면 탬버린이라도 들고 흔들어야 '다 같이 노는' 분위기에 동참하는 기분이 들었다. 물론 탬버린도 그냥 흔든다고 다가 아니었다. 마구잡이로 흔들어대기만 하면 노래의 분위기를 해칠 수 있으니 아무튼 적당히, 분위기 맞춰서, 그런 거 있잖아, 눈치 챙겨서 딱딱 하란 말이야. 술 안 마시고 넥타이만 머리에 안 둘렀지 나에겐 드라마에서 보던 회식이나 다름없었다.

남자 친구를 만날 때에도 노래방은 필수 코스였다. 그래도 그럴 때만큼은 들으러 가는 쪽이었다는 게 그나마 다행스러웠다. 과거의 나는 노래 잘 부르는 남자에게 쉽게 반하는 경향이 있었다. 노래들 대부분이 사랑을 소재로 하는데, 그 감정을 노래로나마 제대로 표현하는 사람을 좋아했기 때문…… 이라고 멋스럽게 말하고 싶은데 사실 그건 아니고(물론 그런 이유도 무의식 중 있을 수 있었겠지만), 노래 잘 부르는 사람 특유의 '거리낌 없이 잘 노는 느낌'을 좋아했다. 그러니까 수련회 장기 자랑 무대에 서서 한 번쯤 스포트라이트를 받아본, 각박한 학창 시절에 미약하게나마 선망의 대상이 되어본 이들만이 풍길 수 있는 묘한 여유로움 같은 게 좋았다. 그런 애들은 나만을 위한 공연이라도 해주겠다는 식으로 노래방에 가자고 꼬셨다. 사실 그는 마이크를 내려놓기 싫고 나는 노래할 생각이 없을 뿐이었지만, 그런 진실 따위는 중요하지 않았다. 난 그냥 적당히 반짝거리는 눈빛으로 남자 친구를 쳐다보며 사랑의 무대라고 합의된 분위기에 휩쓸리기만 하면 됐다. 노래를 부를 때 필요한 연기력에 비하면 훨씬 쉬운 수준이었다.

정말로 단 한 번도 노래방을 즐긴 적이 없냐고 묻는다면 그건 아니다. 자는 척을 하다 보면 잠이 오듯이 어쩔 땐 즐거웠겠지. 심지어 노래를 통해 희열을 느껴본 적도 있다. 물론 잘 불러서는 절대로 아니었다. 떠올려볼수록 서글퍼지는 기억이지만, 이제는 이름도 얼굴도 기억나지 않는 어떤 아빠 친구 가족과 다 같이 노래방에 간 날이었다. 노래 좀 불러보라는 어른들의 성화에, 당시 알량한 반항심으로 가득했던 사춘기의 나는 조pd의 노래를 선곡했다. 표현의 자유랍시고 비속어가 아낌없이 들어간 랩이 난무하는 노래였다. 그 노래의 랩은 어느 정도 빠르게 읽으면 장땡이었기 때문에 나는 적당히 빠르게 또박또박 읽었다. 아빠가 요즘 애들은 참, 하고 짐짓 호쾌한 척을 하는 게 느껴졌다. 웃겼고 우스웠고 짜릿했다. 다신 노래를 안 시킬 줄 알았는데 '너도 쟤처럼 아이돌 노래 그런 거 같이 불러봐'라는 말에 좀 울컥했다. 참나, TV도 못 보게 했으면서. 전교생이 다 보는 음악방송을 금지한 집에 사니까 내가 아는 노래도 없고 부를 줄도 모르는 거 아냐. 노래방을 싫어하게 된 게 순 아빠 탓이라고 하고 싶었지만 애써 말을 삼켰다. 왜냐면, 아빠가 노래를 못하더라고. 못하는 느낌도 어찌나 닮았는지 새삼 유전자의 농도가 느껴질 지경이었다. 그러니까 노래를 못하는 아빠한테 아빠 탓이라고 하면 뭔가 더 근본적인 비난을 하는 느낌이 되어버린단 거지……. 어린 나는 착해서 억울했다 징말.

어른이 되면 노래방에 안 가도 될 줄 알았다. 굳이 노래방에 가지 않아도 갈 곳이 많아지고, 다양한 선택지가 주어졌을 때 노래방 하나 정도는 제외해줄 수 있는 너그러운 친구들만이 내 곁에 남게 될 테니. 착각이었다. 가기 싫어도 가야 하고 하기 싫어도 해야 하는 일들로 가득한 곳에 속해야 하는 운명을 지닌 직장인이 되어버린 후부터, 진짜 사회생활이 시작되었다.

광고주와의 첫 회식은 노래방에서 진행됐다. 노래와 전혀 상관없는 업계에서 일하는데 일만 하면 되지 어째서 노래까지 불러야 하는 것일까? 그러나 사회라는 게, 거꾸로 뒤집어도 회사라는 게 그랬다. 세상이 뒤집어져도 무리에 속한 자는 하라면 노래까지 불러야 했다. 그것이 사회생활이고 회사 생활이며 단체생활이고 조직 생활이라는 거다. 나는 신입사원으로서 뭔가 제대로 인사를 해야 한다는(가수가 된 것도 아닌데 굳이 노래로? 어쨌든), 가장 어린 사람으로서 재롱을 떨어야 한다는(대학까지 졸업한 다 큰 어른인데? 어쨌) 그런 부담감 때문에 돌아버릴 것 같았다. 왜 지구는 아직 멸망하지 않은 걸까, 이렇게 된 이상 술을 단숨에 들이켜고 테이블에 머리를 쾅 박아버릴까, 미친 척 무대에서 춤추다가 넘어져서 노래 부르기 전에 실려 나가야 할까, 속이 안 좋다고 하고 화장실에 가 있을까……. 오만 생각이 다 드는 와중에 선배가 싫어도 진짜 딱 한 곡은 불러야 한다고 당부했다. 그리고 난 느꼈다. 뻣뻣한 막내에 대한 실망을. 죄송해요, 저도 이런 제가 싫어요. (나중에 팀에 들어온 경력 사원은 무대를 준비해왔다는 말도 들었다. 어쩔 수 없이 나와 비교되었겠지? 웃으며 넘겼지만 나는 내가 좀 더 싫어졌다.)

왜 가나 싶다가도, 노래방만 갔다 오면 광고주고 대행사고 구분할 수 없이 한 덩어리로 뭉쳐 돈독해지는 묘한 분위기가 있었다. 떡볶이 먹고 노래방에서 보너스 시간 다 쓰고 나오던 어린 시절에 '우리 잘 놀았다' 정도의 감정을 공유했다면, 이제는 거기서 더 나아가 '우리 진짜 함께 고생했다' 유의 전우애를 나눈달까. 가끔 함께 자리하는 상사나 임원들에게 재롱을 떨어야 한다는 의무감에 신나게 노는 척을 하다 보면 어느샌가부턴 정말로 신이 났다. 술을 마셔 붕 뜬 기분으로 토해내듯 노래를 부르면 소리와 함께 묵은 감정들도 떨어져나가는 것 같기도 했다.

　그렇게 꾸역꾸역 몇 년이 흘렀다. 노래 실력은 늘지 않았지만, 즐거운 척 노는 데에는 더욱더 능숙해졌고 아는 노래가 많아졌다. 특히 나보다 나이 많은 사람들과 노래방에 간 덕에 알게 된 노래의 폭이 넓어졌는데, 선배들이 부르는 옛날 노래가 더 취향에 맞는다는 사실을 깨달았다. 개중에 나름 애창곡이라 부를 수 있는 노래도 생겼다. 송골매의 「세상만사」다. '세상 모든 일들이 되다가도 안 되는 것'으로 시작하는 도입부터 노래방에 입장한 나의 심정을 대변하는 듯해서 노력하지 않아도 자연스레 감정이 이입된다. 예전에 아빠 앞에서 부른 조pd의 노래처럼, 음악은 역시 자기표현의 수단이라고 할 수 있겠다. 심지어 이 노래는 높지 않아서 쉽게 부르기 좋은 데다 적당히 뽕짝 느낌 나는 리듬 덕에 분위기 타기도 좋다. 노래방에서 수행하는 사회생활의 모든 요건을 무난히 해낼 수 있게 해준다. 나는 노래를 불러야 할 일이 생기면 언제나 이 곡을 골 랐고, 줄곧 부르다 보니 이 곡에 대해서만큼은 자신도 생겼다.

그러다가 술을 한 모금도 마시지 않았는데 왠지 노래가 부르고 싶은 날이 오는 지경에 이르렀다. 상습적인 과식으로 배가 너무 부르다고 생각한 지 3일쯤 지났고, 눈을 뜨자마자 출근하느라 유산균 챙겨 먹는 걸 자꾸 깜박해서 화장실 가는 것도 영 시원찮았고, 잦은 야근으로 인해 주짓수 도장에 나가 지도 못했고, 그런데도 고기를 구워 먹으러 가서 이제 그만 먹 어야겠다고 생각하고서도 한 시간이나 더 밀어 넣었기 때문이 라고, 남편에겐 그렇게 말했다. 실은 어쩐지 노래를 잘 부르게 된 것 같다는 착각을 맨정신에 검증해보고 싶었다. 남편은 노 래를 못 부르는 나의 정체를 알고 있기에 부끄러울 일도 없다 고 생각했다.

집 앞에 노래방이 있었지만, 10분 정도 더 떨어진 거리에 있는 코인 노래방에 가서 깔끔하게 인당 세 곡씩만 부르고 나 오기로 합의했다. 요즘 세상에 카드는 받지 않는다는 코인 노 래방은 3천 원부터 계좌이체가 가능했다. 천 원짜리 지폐로 세 곡을 부를 수 있으니 사이버머니로는 아홉 곡부터 시작인 셈 이다. 현금과 계좌이체의 최소한도가 다른 게 합법인 건지 아 리송했지만 약속했던 세 곡보다 더 부를 수 있어서 내심 좋았 기 때문에 항의하지 않았다. 근데 두 명이니까 각자 네 곡씩 부 르면 나머지 한 곡은 어쩌지? 듀엣을 해야 하나?

혈중 알코올 함량이 지극히 부족했기 때문에 첫 곡은 가만히 앉아서 목만 떨어도 되는 발라드를 선곡했다. 바로「사랑앓이」. 제목 그대로의 전개가 펼쳐지는 노래다. 엉엉 우는 수준의 바이브레이션을 선보이며 이별에 대한 아픔을 표현하는, 그야말로 K-발라드의 정수를 담은 곡인데, 맨정신에 자의로 노래방에 온 게 처음이라 발라드를(정확히는 발라드가 요구하는 체력과 정신력을) 얕본 게 문제였다. 멀쩡한 정신으로는 도저히 감당할 수 없는 슬픔이었다. 이별 후에도 상대방을 하염없이 기다리며 '내가 더 많이 사랑한 죄'라면서 끝없이 자책하는 화자가 좀 지나치지 않나, 하는 생각만 들었다. 자연히 목소리도 힘을 잃었고 노래도 평소보다 더 구려졌다. 모놀로그 수준의 연기력을 요구하는 랩으로 시작하는 2절은 차마 입도 벙긋하지 못하고 취소 버튼을 눌렀다. 술에 취했으면 부끄러운 줄 모르고 했을 텐데. 아니 그런데 노래 좀 진지하게 부르는 일이 부끄러울 건 전혀 아닌데. 그러니까 이게 다 고작 노래 하나도 제대로 못 부르는 소심한 내 성격 탓이고, 난 어째서 노는 것도 못 하나…… 이런 생각을 하게 만드는 노래방이 싫어졌고, 술에 취해서 몇 번 잘 부른 것 같다고 노래방에 걸어 들어온 스스로가 원망스러워졌다.

시무룩한 나를 북돋기 위해 소싯적에 노래방 리모컨 좀 만졌던 남편은 음정을 이리저리 바꾸길 시도했다. 그게 고마워서 어떻게든 해보려는데, 바뀐 음을 한 번에 맞춰서 부르기에 내 노래 실력은 너무나 미흡했다. 계속 바꾸다 보니 후렴도 제대로 부르지 못해서 나중엔 남편까지 미워졌다. 딱 아홉 곡밖에 못 부르는데 그냥 못 불러도 원키로 부르게 해주지! 그래도 여러 번 시도한 끝에, 내 성대에는 남자 노래를 여자 키로 바꾸고 거기서 세 칸을 내려야 키가 맞는다는 공식을 찾을 수 있었다. 남편은 개운해 보였는데 나는 슬펐다. 나에게 맞는다는 특정한 음역대를 찾았는데도 내가 여전히 노래를 못했기 때문이었다. 좀 높지 않냐고, 남자 키로 부르면 도입부는 낮아도 후렴은 편하게 부를 수 있다고 투덜댔더니 그가 답했다.

"노래는 좀 힘들게 불러야 하는 거야."

노래는 즐거워지자고 부르는 게 아니었어? 어리둥절한 나에게 그는 이어 말했다.

"이 정도 악은 써봐야지."

힘을 빼고 부르는 것도 힘이 있어야 할 수 있는 거라고, 너는 발성 자체가 문제라고 덧붙이기까지 했다. 그래, 이렇게 내 문제점을 또 하나 찾아냈구나. 그러는 너는 처음부터 잘했냐고 묻자 그는 재수 없게도 그렇다고 답했다. 그럼에도 노래방을 계속 다녔고 가면 두 시간씩 불렀다고, 자신 있는 노래라면 가사를 보지 않고도 부를 수 있어야 한다면서. 가수가 될 것도 아닌데 그렇게 대단한 노력을 기울여야 할까 싶다가, 그렇게 생각하는 내가 조금 부끄럽고 우스웠다. 꼭 뭔가가 되기 위해서 뭘 하는 건 아닌데, 그게 뭐든.

나도 연습해야지. 주짓수 끝나고 오는 길에 코노가 있으니까 혼자서 몰래 한 시간씩 연습하면 좀 나아지지 않을까. 그렇게 생각하니 논다고 해놓고 시험공부하는 사람 같아서 웃겼다. 이렇게 써놓고 진짜 웃음이 나오지는 않는데 내가 실제로 그런 사람이라 그럴 수도 있다. 이전의 나는 노력을 들이지 않고도 남들 이상의 성취를 해내는 게 멋있다고 생각했다. 그러다 점점 그 연기 자체에 심취한 나머지 정말로 공부를 하지 않게 되었고 성적은 점점 떨어졌더랬다. 그렇게 나는 어느 정도 공부를 잘하는 사람에서 그냥 시험 전날까지 게임이나 한 사람이 되어버렸고 그렇게 내 인생은 조금 더 망했다. 아무래도 괜한 짓 말고 그냥 남편과 노래방에 가야겠다. 악쓰는 걸 지켜봐줘, 부끄럽지만.

이제는 회사 사람들과도 곧잘 노래방에 간다. 광고주와의 회식도 아니고 강제성을 띤 자리가 아닌데도 간다. 최근에는 무려 스탠드 마이크가 세워져 있는 스테이지형 노래방에 가보기도 했다. 그런 곳에서는 문자 그대로 스테이지에 올라 불특정 다수의 시선을 받으며 노래를 해야 한다. 예전의 나였다면 상상도 할 수 없는 일이다. 그러나 나는 회사 생활 9년 차고 노래방에서 사회생활을 한 세월은 20년도 더 넘었으니까. 삑사리도 당당하게 내는 지금, 노래방에서 노래 부르는 사람들의 마음을 이제야 조금 알겠다.

마음에 적립되는
평양냉면의 행복

　회사에 다닌 시간을 통틀어 제일 많이 먹은 음식은 평양 냉면이다. 그중에서도 마포에 있는 을밀대 본점의 평양냉면을 많이 먹었다. 오래 담당했던 광고주가 그 근처에 있었기 때문이다. 회의나 보고를 위해 일주일에 많으면 서너 번씩 광고주를 만나러 갔는데, 그때마다 높은 확률로 을밀대에 가서 평양냉면을 먹었다. 이유도 가지각색이었다. 보고가 잘 끝났으니까, 보고가 잘 안돼서 속상하니까, 회의가 답답했으니까, 답답한 회의를 해야 하니까, 말을 많이 해서 목이 마르니까, 배고프니까, 여름이니까, 겨울이니까, 해장해야 하니까, 술 당기니까…….

　광고주를 생각하면 배부터 고파왔다. 파블로프의 개처럼. 광고주와의 미팅은 지지부진한 회의와 어떻게 될지 몰라 마음이 조마조마한 프레젠테이션을 의미했지만, 그래도 괜찮았다. 어쨌거나 나는 을밀대에서 평양냉면을 먹을 테니.

메밀 면보다 확실히 질긴 을밀대와의 인연은 입사 후 처음 광고주에게 인사하러 갈 때부터 시작되었다. 명함은 넉넉히 챙겼는지, 밉보일 만한 구석은 없는지 살펴주던 선배가 대뜸 물었다. 근데 평양냉면은 잘 먹느냐고.

을밀대는 처음이기도 했고 평양냉면을 자주 먹을 일도 없었다 보니 잘 모르겠다고 답하자, 선배들은 신나서 떠들었다. 처음으로 을밀대에 갔던 날 한 입 먹고 젓가락을 내려놔서 혼이 났던 어떤 애는 이후로 줄곧 데려갔더니 이젠 없어서 못 먹는다고 했고, 이직한 애들이 제일 그리워하는 게 을밀대라고도 했다. 광고주한테 인사하는 거야 그냥 하면 될 것 같은데, 을밀대에 가서 평양냉면 먹을 땐 정말 잘해야겠다는 생각이 들 지경이었다.

아직도 선명하게 떠오른다. 노포답게 허름한 내부가 훤히 드러나던 형광등 불빛 아래서 느끼던 묘한 긴장감이. 유난히 길고 무거운 을밀대 젓가락을 각자 자리에 놓고, 주전자에 담긴 육수를 컵에 따르고, 반찬으로 나온 김치를 자르고, 파와 고춧가루가 담긴 종지에 간장을 부은 뒤, 혹시나 입맛에 맞지 않을까 침을 꿀꺽 삼키던 때가. 평양냉면 그릇이 앞에 놓이자 선배의 눈이 반짝거리기 시작했다. 육수부터 한 입 마셔봐라, 평양냉면은 가위로 면을 자르는 게 아니니 이로 끊어라 등등 온 갖 가르침이 난무했다. 일에 대해서 이야기할 때보다 더 정성스럽고 섬세했으며 열정이 넘쳤다.

처음 맛본 을밀대의 평양냉면은 아주 맛있지도 맛없지도 않았다. 당시 나에겐 평양냉면의 맛에 대한 기준이란 게 없었다. 그래도 곧잘 먹었고, 선배들은 그런 나를 매우 기특해했다. '일이야 뭐 언젠가 늘 거고, 그보다 평양냉면을 잘 먹는다니 정말 훌륭하군! 우리 막내, 어른이네!'라는 느낌이었달까. 평양냉면을 향한 사랑이 제일 유난스러웠던 M 선배는 내가 먹성이 좋다는 이유만으로 동네방네 자랑하곤 했다. "혜경이는 을밀대를 세 젓가락 만에 먹어!" 회사에서 들어본 첫 칭찬이 일에 대한 게 아니라 잘 먹는 거라니, 그래도 칭찬은 칭찬이니까 보람찼다.

광고주에게 오갈수록 나는 일에도 을밀대의 맛에도 익숙해졌다. 자잘한 얼음이 둥둥 떠 있는, 슴슴하면서도 아주 은은하게 짭짤한 육수. 쫄깃하게 씹히는 굵고 오돌토돌한 메밀 면. 얇게 썰린 고기에 면을 돌돌 말아 한입에 쏙 넣으면 고소하게 퍼지던 육 향. 육수를 슬쩍 머금은 배를 마지막 입가심 삼아 아삭거리고 있자면, 넓게만 보였던 스테인리스 그릇이 어느새 깨끗하게 비워졌다.

인심 넉넉한 선배들은 언제나 녹두전도 함께 주문했다. 나는 전을 먹기 좋게 젓가락으로 찢는 센스 정도만 발휘하면 되었다. 적당히 삼삼하면서 구수한 녹두전은 본격적으로 평양냉면을 먹기 전에 입맛을 돋우는 애피타이저였다. 겉은 바삭한데 속은 촉촉하니 부드러웠고, 큼직한 돼지고기가 듬뿍 들어 있어 시작부터 든든했다. 녹두전을 순식간에 해치운 뒤 기름기로 텁텁해진 입을 차가운 평양냉면 육수로 싹 헹구면 그만한 행복이 없었다.

일이 잘되거나 너무 안됐을 때는 소주를 마셨다. 알코올의 힘으로 묵은 감정을 휘발시켜야만 일을 할 수 있을 것 같은 때가 있었다. 소주부터 입에 털어 넣은 뒤 곧바로 해장하듯 평양냉면을 먹는 선주후면이란 것도 배웠다. 이럴 때면 선배들은 소고기 수육 또한 곁들였다. 차돌박이처럼 얇게 썰린 야들야들한 수육과 파채, 마늘을 한 젓가락에 집어 한가득 먹으면 스트레스도 입안에서 사르르 녹았다.

아무리 익숙해져도 선배들을 따라잡기란 요원해 보였다. 먹을 줄 아는 어른인 선배들은 메뉴판에 없는 '거냉'(얼음 제외), '민짜'(고명 빼고 면 많이), '양마니'(말 그대로 '양 많이'. 사리와는 다르게 추가 요금을 받지 않는다)를 주문하곤 했다. M 선배는 평양냉면 육수의 참맛을 느낄 수 있다며 매번 '거냉 양마니'를 주문했다. 나도 몇 번 흉내를 내봤지만, 아쉽게도 일반 평양냉면이 제일 입맛에 맞았다. 살얼음 덕에 면발이 더 탱글탱글하고 쫄깃하단 나름의 이유가 있었지만, 스스로가 진정한 평양냉면을 즐기지는 못하는 초심자처럼 느껴지기도 했다. 선배들은 아무리 추운 겨울이라 해도 원래 평양냉면은 이때 먹는 거라면서 꿋꿋하게 을밀대를 찾았다. 언젠가 한번 따라 했다가 속이 시려 배탈이 난 후론, 나는 날이 추워지면 등장하는 계절 메뉴인 양지탕밥을 먹었다(양지탕밥은 을밀대에서 파는 평양냉면의 국밥 버전이다. 메밀 면과 수육까지 들어 있는 굉장히 알찬 메뉴다). 그럼에도 늘 '완냉'하는 기분만큼은 공유했다. 설거지를 한 것처럼 깨끗하게 비운 그릇을 보면 느껴지는 뿌듯함과 개운함. 뭔가 하나는 해냈다는 느낌. 그러니 이제 다른 것도 해낼 수 있을 것 같다는 든든함까지.

그 외에도 선배들은 나를 온갖 가게들로 이끌었다. 평양면옥, 을지면옥, 우래옥, 봉피양, 필동면옥, 정인면옥, 서북면옥, 남포면옥, 유진식당, 평래옥, 능라도, 진미평양냉면…… 누가 보면 평양냉면 동호회라고 생각할 정도로, 우리는 서울 곳곳의 가게들을 함께 누볐다.

그렇지만 종착지는 언제나 을밀대였다. 여러 평양냉면을 잔뜩 맛본 후, 고향에 돌아오듯 변함없이 을밀대에 앉아 살얼음 낀 평양냉면에 녹두전을 먹었다. 핑계는 언제나 많았다. 거창할 것까지도 없었다.

"내일 결혼식에 기쁘게 가야 하니까 을밀대를 먹자."

"을밀대랑 결혼식이랑 뭔 상관이죠?"

"을밀대를 지나가는데 안 먹으면 슬퍼지잖아."

M 선배에게 배운 건 평양냉면의 맛뿐만이 아니다. 맛있는 걸 진지하게 대하는 태도부터 아주 조금이라도 행복을 적립할 수 있는 기회라면 놓치지 않는 단호함까지. 조그만 행복이라도 계속해서 쌓으면, 무겁게 느껴지는 회사 생활을 이겨낼 수 있다는 것도.

시간이 지나 M 선배와는 다른 팀이 되었고 광고주도 바뀌었다. 그래도 여전히 돌이켜보면 배부르고 든든한 기억이다.

송구스럽습니다만
고맙습니다

죄송합니다. 감사합니다.

회사에 다니면서 가장 많이 한 말을 꼽자면 아무래도 이 두 개다. 세트처럼 연달아 말할 때가 많아서 무엇을 더 많이 말했는지 우열을 가릴 수 없다. 아주 간단한 질문을 건넬 때조차 '죄송한데'로 말문을 열었고, 모든 대화는 감사 인사로 끝맺었다. 정말 죄송하고 감사하다기보단 별 의미 없이 숨 쉬듯 내뱉을 때가 더 많았다. 이왕이면 함께 일하는 상대방의 기분을 상하게 할 일이 최대한 없기를 바라는, 나의 염원이 담긴 수사적 표현인 셈이다.

초년생 때는 어쩔 수 없다고 생각했다. 회사 업무란 건 사람들의 협조가 필수 불가결하니까. 특히 광고회사의 AE란 회사 내 온갖 부서와 광고주와 외주 업체의 교차로 같은 존재여서, 매끄럽게 일을 진행하기 위해서는 '죄송'과 '감사'의 깜빡이를 번갈아가며 미친 듯이 켜대야 했다. 다만, 공부도 과제도 혼자 하는 게 더 익숙했던 내 성격이 취업을 했다고 갑자기 바뀔 리 없다는 게 문제였다. 업무는 시간이 지날수록 익숙해졌지만, 타인에게 뭔가를 요청하고 요구하는 일에는 도무지 쉽게 적응되지 않았다. 상대방도 월급 받고 해야 할 일을 하는 것일 뿐인데, 마치 그의 천금 같은 시간을 뺏는 기분이 들었달까. 그러다 보니 나중에는 죄송하지 않은 게 더 어색한 지경에 이르고 말았다.

선배에게 주의를 받은 적도 있다. 정말 그래야 할 일이 아니라면 죄송하다는 말을 남발하지 말라고. 잘못한 것도 없는데 습관적으로 죄송하다고 말하면 얕보일 수 있다고 했다. 그렇게 저자세로 나가다 보면, 나의 요청을 '협조'보다는 한쪽의 일방적인 희생이 강요되는 '부탁'으로 이해할 수도 있다고. 그리고 나는 그렇게 말하는 선배에게 죄송하다고 답했다……. 선배의 말이 맞는 걸 아는데도, 한번 달라붙은 이놈의 죄송은 좀처럼 입에서 떨어지질 않았다. 특히 광고주와 대화할 때는 척수반사처럼 튀어나왔다. 상대방이 이런 나를 소심하고 쭈그러든 직장인이라고 생각한대도 죄송하다는 말밖엔 할 말이 없다.

다행스럽게도 이 언어습관은 대략 일 년 전쯤부터 조금씩 나아지고 있다. 회사 생활을 오래 해온 덕도 있지만, 나름의 꿀 팁을 찾은 덕이다.

최대 기여자는 H 선배다. 그가 광고주와 한참 동안 통화 하던 날이었다. 언뜻 들어보니 내용이 꽤 심각했다. 진행 중인 프로젝트 성과가 생각보다 좋지 못해서 광고주가 거칠게 항의 중이었던 것이다. 엄밀히 따지자면 H 선배, 그러니까 담당자 가 죄송할 일은 아니었다. 담당자가 단독으로 저지른 일도 아 니고, 진행 과정에서 실수가 있었던 것도 아니며, 서로 협의해 진행하고 있는 일의 성과가 생각보다 좋지 못했을 뿐이니까. 100퍼센트 성공을 담보하는 제안이란 없는 법이다. 감정적인 발언을 주고받을 시간에 프로젝트 성과를 개선하기 위해 차 분히 논의하면 될 일인데, 광고주는 전화로 몹시 화를 내고 있 었다. 일단 상황을 모면하기 위해서라도 자연스레 죄송하다는 말이 입술을 비집고 나올 것 같은 그런 분위기였다. 그런데 H 선배는 아무런 타격을 받지 않은 것처럼, 몹시 평온한 얼굴로 답했다.

"아, 네. 저도 유감입니다."

순간 나는 내 귀를 의심했다. 내가 잘못 들은 건가? 영어 로 하면 죄송이나 유감이나 같은 'sorry'지만, 여긴 한국인데 요. 물론 H 선배는 광고주와 대등한 업무 파트너이며 잘못을 저지른 것도 아니므로 죄송하다는 말은 안 하는 게 맞지만, 그렇다고 아무 말도 안 할 수 없었겠지만, 말마따나 선배도 유감스러울 것 같긴 했지만……. 광고주 역시 생전 처음 들어보는 당당한 말에 말문이 막힌 듯했다. 무의미한 분노가 사그라들자 H 선배는 진작 논의했어야 할 이야기를 꺼냈다. 이 시대의 진정한 프로 직장인이자 커리어 우먼 같은 그의 모습을 보면서, 기필코 나도 다음에 죄송하다는 말 대신 유감이라는 말을 써먹어보리라 다짐했다.

기회는 계속해서 왔다. 그렇지만 차마 입 밖으로 유감이라는 단어가 나오질 않았다. 광고주에게서 말들이 포탄처럼 날아오는 와중에 H 선배처럼 평정심을 지키기도 어려웠고, 유감이란 말은 비교적 어린 내가 하기엔 조금 건방져 보이지 않나 싶기도 했다. 그래도 냉큼 죄송하다고 말해버리는 일만큼은 대폭 줄어들었다. '죄송하다고 말하지 말자'라고 결심하던 것보다는 '유감이라고 말해보자'라고 바꿔본 게 효과가 있었다. '죄송'에 매몰되어 있던 생각의 축 자체를 옮길 수 있었기 때문이다.

물론 죄송하다는 말을 아예 안 하고 살 수는 없다. 실수와 잘못 앞에서는 마땅히 해야 하고, 인간관계에서 어느 정도의 예의를 표현하기 위한 말로도 남겨두어야 한다. 광고회사는 무리한 일정 속에서 끝없이 수정을 해내야 하는 일들의 연속인데, 그 속에서 필연적으로 발생하는 누군가의 고생과 야근을 당연하다는 식으로 이야기할 수는 없으니까. 일도 사람이 하는 것이기에 최소한의 존중이 필요하다. 죄송하다는 말이 거듭되자 '일하는데 죄송할 건 아니죠'라고 대답한 사람들도 종종 있었다. 그렇게 생각하고 말로 꺼내주는 게 고맙기도 했지만, 이때까지 그들에게 죄송하다는 말을 너무나 많이 했기에 들을 수 있었던 게 아닌가 싶기도 했다. 그러니까 열 번 중에서 한 번 정도는 뽑아 올려지는 인형 같은 거지.

요즘에는 '송구하다'는 말을 쓴다. 회사에 들어오기 전까지는 사극이나 정치인의 입장 표명문, 아니면 야구장에서 (다른 의미로) 쓸 법한 표현이라고 생각했는데 직장인이 되고 보니 흔하게들 썼다. 표준국어대사전에는 '두려워서 마음이 거북스럽다'는 뜻으로 나오는 형용사다. 뭘 두렵기까지 하나 싶었는데, 그보다는 좀 더 정중한 의미에서 죄송하다는 말로 쓰였다. 회사에서 이 말을 꺼내면 '알겠으니 서로 민망한 말은 그만하고 얼른 일이나 하자'는 분위기가 되어 활용하기 좋았다. 쓸수록 나름 의미상으로 더 정확하다는 생각도 들었다. 누군가에게 협조를 구하는 일에 '죄스러울 정도의 미안함'보다는 '(일정을 못 맞출까봐) 두려워서 마음이 거북스러운' 감정을 느낀다는 점에서.

그런가 하면 '감사합니다'는 상황이 좀 다르다. 죄송하다는 말과는 달리 감사하다는 말은 많이 할수록 좋다. 아끼지 않아도 된다. 대부분의 사람들이 업무 메일을 주고받을 때 감사할 일이 없어도 감사하다고 마무리하는 것처럼. 그게 너무 당연하다고, 어느 날 무심코 S 선배의 메일을 보는데 '고맙습니다. ○○○ 드림'이라고 적혀 있는 걸 보기 전까진 그렇게 생각했다. '고맙습니다'는 '감사합니다'에 비해 어딘가 가볍게 느껴졌고, 윗사람이 아랫사람에게 하는 말처럼 보이기까지 했다. 일부러 이렇게 쓴 거냐고 묻자 S 선배는 이렇게 말했다.

"무슨 생각했는지 아는데, '고맙습니다'가 순우리말이야."

찾아보니 과연 그랬다. 고맙다는 말은 고마운 느낌을 표현하는 순우리말이었고, 감사하다는 고마움을 나타내는 인사의 한자 표현인 '감사感謝'에서 파생된 것이었다. 뜻은 같지만, 어원이 달랐다. 의미가 같으니 아무거나 써도 되는 게 아니냐는 나의 말에, S 선배는 그렇게 해도 괜찮다고 답했다. 그래도 어쩐지 '감사합니다'라고 답하는 나와 '고맙습니다'라고 답하는 S 선배는 확실히 다르게 느껴졌다. 국립국어원의 답변 역시 다음과 같다.

'감사하다'가 '고맙다'보다 격식을 갖춘 말이라고 여기는 경향이 있는데 이는 잘못된 것입니다. '감사합니다'도 잘못된 표현은 아니지만 가능하면 고유어를 써서 '고맙습니다'라고 하는 것이 좋습니다.

한 사람의 언어습관에는 그 사람의 많은 것이 묻어난다.

순간의 생각이나 태도, 가치관, 라이프스타일까지도. 좋은 말들이 생명력을 가지고 살아남기를, 내 안에도 좋은 말들만이 오래도록 남기를 바란다. 고쳐야 할 점은 앞으로도 많겠지만, 우선은 덜 죄송하고 많이 고마워할 줄 아는 사람이 되고 싶다. 그런 의미에서 당신의 시간을 뺏어서 죄송하지 않고요, 이 글을 읽어주셔서 감사, 아니, 고맙습니다.

후배와 꼰대는 함께 탄생한다

'90년생이 온다'고 한창 떠들썩하던 시절, 나는 이미 와 있는 90년대생이었다. 회사에 얼마 없는 이십대로서, '요즘 젊은 애들' 의견이 궁금해질 때면 항상 내 손에 마이크가 쥐여졌다. 회사 안에서 내가 맡을 수 있는 분명한 역할이 있다는 점은 좋았지만, 마음 한구석에 있는 의심의 불씨가 사라지지 않았다. 대학교를 졸업하자마자 취업해 회사에서 절대적으로 많은 시간을 보내고 있는 내가 '요즘 젊은 애들'이 하는 생각을 제대로 알고 있는 게 맞나? 그러나 누구도 나에게 답을 줄 수 없었다. 첫 후배가 들어오기 전까진.

신입사원이 온다는 소식을 듣자 걱정 반 설렘 반으로 마음이 쿵쾅거렸다. 평생 막내로 살 줄 알았는데 갑자기 부모님이 늦둥이 동생을 데려온 기분이 이런 걸까. 함께 일하게 됐다는 사실 말고는 아무것도 모르는 미지의 존재를 만날 생각에 두렵다가도 기대감에 마음이 부풀었다. 어쨌거나 고단한 막내 업무를 나눠 가질 동료가 탄생한 것이었다. 똑같이 시간과 노력이 들지만 고생한 티는 나지 않아서 속상하기만 한, 노동의 밑바닥에서 끊임없이 걸레질을 하는 것 같은 막내의 업무를. 시행착오를 통해 습득한 모든 노하우를 하나하나 자세히 알려주고, 오랜 막내 시절을 겪는 동안 부당하다고 생각했던 일들은 절대 물려주지 않겠다고 결심했다.

처음으로 생긴 후배는 나보다 나이가 많은 남자 신입사원이었다. 후배라면 당연히 나보다 어릴 거라고 상상했던 나는 조금 당혹스러웠다. 그를 채 알아가기도 전이었지만 내가 나보다 나이 많은 사람에게 선배 노릇을 잘할 수 있을지, 그에게 '요즘 젊은 애들'의 대표 자리를 물려줄 수 있을지 걱정이 앞섰다.

염려가 무색하게 그는 좋은 사람이었다. 자칫 어색하게 느껴질 수 있는 나이 차이를 눈치채지 못하게끔 선을 지켰고, 신입 시절에 한참은 허둥댔던 나와 달리 일 머리도 좋았다. 그럴 때면 그가 나보다 연장자라는 게 느껴졌다. 동시에 생물학적인 나이와 사회적인 나이가 다르다는 것도 실감했다. 새로운 사회에 들어가면 실제 나이와는 무관하게 그때부터 갓 태어난 아이나 다름없이 그 사회의 모든 것을 새로 배워야 한다. 애 앞에선 찬물도 함부로 마시면 안 된다는 말이 정말이었다.

사소한 업무 습관까지 닮아갈 때, 얄궂지만 본 걸 그대로 따라 하는 걸 알기에 뭐라고 할 수 없을 때 그걸 절감했다. 예를 들면 실수해놓고 자기는 신입사원이니 선배가 광고주한테 시원하게 무릎 한번 꿇어달라고 당당하게 말한다든가 하는, 그런 뻔뻔한 애교 같은 것들이 그랬다. 그럼 나는 무릎관절은 소모성자산이라 소중해서 안 된다고 답하면서도 그가 벌여놓은 일들을 수습하곤 했다.

구체적인 방법은 잘 모르겠지만 어떻게든 잘해주고 싶었다. 경험이 쌓이면 방파제가 된다는 걸 알고 있으니, 사회라는 험난한 바다 앞에서 후배가 충분히 준비되기 전까진 내가 무엇이든 막아주고 싶었다. 그가 입사한 지 반년 정도 만에 갑작스레 여행을 가겠다고 말하기 전까지, 정말로 그렇게 생각했다.

"저 마추픽추 가려고요."

마추픽추? 남미에 있는 거? 떨떠름하게 묻자 그는 신나서 꿈같은 계획을 늘어놓았다. 하루를 꼬박 넘게 비행기를 타고 날아가 남미로 간 뒤 마추픽추에 오르고, 우유니 소금 사막에 하늘이 반사된 사진을 찍고, 떼 지어 헤엄치는 펭귄을 볼 거라는 그의 계획은 짜증 나는 모기 소리처럼 귓가에 윙윙 울렸다. 한 가지 생각만이 내 머릿속을 지배했다. 나는 앞으로 회사에 다니는 한 못 볼 거라고 생각했던 그 전설적인 잉카의 유적을, 나보다 3년이나 덜 다닌 네가, 얼마나 바쁠지도 모르는 이 시기에 갑자기 이렇게 보러 가겠다고? 네가 바로 '요즘 젊은 애들'이란 거니?

나는 그만큼 휴가를 길게 사용해본 적이 없었다. 남미만큼 먼 아이슬란드에 다녀온 적이 한 번 있긴 했지만, 그건 후배가 가겠다고 하는 여행보다 훨씬 짧았고, 그나마도 멀리 떠나야 했던 나의 비극적 사정(이별의 슬픔)을 충분히 알고 있던 선배들의 양해에 힘입어 다녀온 것이었다.

게다가 그때까지의 내 경험상 휴가는 이렇게 대뜸 통보하는 게 아니었다. 휴가를 내겠다고 말하는 건 일종의 눈치 게임이었다. 프로젝트 일정과 팀원들의 휴가 일정 사이의 가장 이상적인 타이밍을 노리다가, 욕먹지 않을 순간을 잡아채야 한다. 그리고 이 게임에는 암묵적인 규칙이 하나 더 있었는데, 후배가 선배보다 빨리 날짜를 낚아챌 수 없다는 것이었다. 선배의 일정을 먼저 물어보아야 할뿐더러 낮은 연차의 장기 휴가 역시 금물이었다. 나는 이 규칙을 깰 수 없는 불문율이라 생각했다. 후배가 마추픽추를 보러 간다고 하기 전까지.

하고 싶은 말은 많은데 입이 떨어지지 않았다. 불현듯 '꼰대'라는 단어가 머리를 스쳤기 때문이다. 엄밀히 따지자면 휴가라는 건 회사에서 열심히 일한 직장인이 누려야 할 마땅한 권리이기에 누군가의 허락이 필요한 일이 아니다. 가고 싶은 곳이라면 어디든 갈 수 있어야 한다. 물론 함께 일하는 동료의 양해가 필요하겠지만, 그렇다면 그가 없는 동안 업무에 지장이 없도록 하는 게 내가 되고 싶은 '좋은 선배'의 역할인 것 같았다. 언젠가는 알아서 익힐 업무를 조금 일찍 알려주는 것만으로 좋은 선배가 되는 건 아닐 테니까.

이전까지 나는 스스로 꼰대가 되기엔 한참 남았다고 여겼다. 비교적 나이가 어리기도 했고, 대중과 끝없이 소통하며 가장 최신의 유행을 반영해야 하는 광고업계는 꼰대질과는 멀어 보였으니까. 그런데 까놓고 보니 그게 아니었다. 고작 휴가로 후배에게 뭐라고 하고 싶었던 나는 누가 봐도 꼰대였다. 꼰대는 보통 '자신이 항상 옳다고 믿는(다른 사람은 늘 잘못됐다고 여기는) 나이 많은 사람'이라는 뜻으로 쓰이지만(BBC 채널의 SNS 계정에서 '오늘의 단어'로 소개된 꼰대의 정의다), 나이가 어리다고 해서 꼰대가 아닌 게 아니었다. 나이가 많다고 해서 다 어른스러운 게 아니고, 나이가 어리다고 다 철없지 않듯이. 나보다 나이가 많은 후배가 이를 깨닫게 해주었다.

속상했다. 모르는 새 꼰대가 될 뻔한 스스로가 너무 못나서. 동시에 이때까지 마추픽추에 갈 생각을 해보지도 못한 내가, 미래의 마추픽추 역시 포기하고 있던 내가 가여웠다. 생각할수록 후배의 용기가 감탄스러웠다. 정당히 휴가를 요구하는 것에서만큼은 그가 나보다 한참이나 앞선 선배나 다름없었다.

꿈같은 여정을 꿈으로 남겨두지 않은 후배는, 남미에서 돌아와 다시 출근하던 날 나에게 선물을 건넸다. 무려 술이었다. 미니어처도 아니고 750밀리리터짜리 한 병을 주었다. 술병의 생김새도 압도적이었다. 꽤 정교한, 검은색의 잉카 유적 조각상 같은 것에 술이 들어 있었다. 술의 종류는 페루의 국민주인 '피스코pisco'로, 브랜디의 일종이라고 했다. 묵직한 술병을 안아 들자 그간의 수고가 술에 씻겨 내려가고 옅게 남아 있던 얄미움마저 휘발되어 날아가는 것 같았다. 고맙다. 다음에는 더 멀리 가서 또 신기한 술 사 와라.

　나도 그해 연말에 쿠바에 다녀왔다. 회사에 다니는 동안에는 절대로 갈 수 없을 거라고 생각했던 꿈의 여행지였다. 장시간 비행해야 하는 데다 인터넷이 제대로 터지지 않아 휴가 중에 업무 연락이 와도 확인할 수 없는 나라이기 때문이다. 예상했던 대로 와이파이조차 쓰기 힘든 쿠바에서 나는 스마트폰을 덮어둔 채, 럼을 있는 대로 마시면서 모 카드사의 '열심히 일한 당신 떠나라'라는 광고 문구를 온몸으로 만끽했다. 그리고 걱정 없이 멀리 떠나게 해준 동료들에 대한 고마움을 담아 쿠바의 술을 잔뜩 사서 돌아왔다.

　이후로도 후배들은 계속 들어왔다. 계속해서 새로운 세대의 사람들이, 내가 모르는 가치와 정서를 공유하는 사람들이 회사에 들어올 것이다. (하물며 이제는 선배님을 SBN이라 부르는 시대다.) 회사 전체적으로 봤을 때 상대적으로 나는 여전히 나이가 많은 편이 아니지만, 스스로 나이 들었다는 생각을 자주 하려고 한다. 동기와 술을 마시며 이런 대화를 나누기도 했다.

"우리 정말 꼰대는 되지 말자."

"그게 뭔데. 어떻게 하는 건데."

"헛짓거리하지 말고 헛소리하지 않는 거지."

"뭐가 헛짓거리고 뭐가 헛소린데?"

"네가 하는 모든 행동이 헛짓거리고, 물어보지도 않았는데 하는 모든 말이 헛소리야!"

기준이 사뭇 가혹하다. 그럼에도 나는 '나 스스로가 언제나 내 생각보다 꼰대일 수 있다'는 사실에 공감한다. 경험상 혼자 깨닫기는 힘든 일이다. 그 선 바깥의 누군가를 보아야만 내가 몰랐던 선이 그와 나를 구분하고 있다는 것을 알아차릴 수 있다. 다만 좀 더 빨리 알고 싶다는 소망이 있다. 그러니 앞으로 좋은 선배인 척이라도 하면서 나이를 잘 먹어보자고 다짐할 뿐이다. 후배의 탄생이 꼰대의 탄생으로 이어지지 않도록.

일의 기쁨과 슬픔을 안주 삼는
나의 앤술러지

술을 좋아한다. 술이라면 가리지 않고 좋아한다. 사람들과 어울려 마시는 것도 좋고, 홀로 고독하게 즐기는 것도 좋다. 술은 그 자체로도 제 몫을 다하지만, 어울리는 안주와 함께라면 온몸을 뒤흔들게 만드는 시너지를 발휘한다. 술과 안주는 서로의 맛을 돋우며 입이 쉬지 않도록 부추긴다. 안주가 남았으니 술 한 병만 더, 술을 다 못 마셨으니 안주 하나만 더. 그렇게 끝없이 이어지는 밤들을 보냈다.

슬프게도 나이가 들수록 식탐은 줄지 않는데 위장과 간 기능은 떨어져만 간다. 그래서 절제라도 하시나요? 아뇨, 한 끼와 한 잔의 소중함을 더 실감할 뿐이죠. 아주 맛있는 게 아니라면, 최대한 안주를 덜 먹으려고 노력한다. 술을 덜 마시는 건 아직까진 힘든 일이다. 하나라도 줄이는 게 어디야. 안주가 줄어들어 심심해진 입을 채워주는 건 언제라도 신나게 씹을 수 있는 일의 기쁨과 슬픔이다. 안주로는 역시 씹는 게 제일인데 일단 씹을 게 많고, 배부르지도 않고. 그러다 보면 회사 다닐 맛이 났다. 덩달아 술맛도 났고.

훌쩍일 시간에 홀짝이자

종교가 없는 나에게 주님은 두 가지를 의미한다. 나의 월급을 보우하시는 (광고)주님과 언제나 곁에 두고 의지하고 싶은 주酒님. 장르가 사뭇 달라 보이는 이 주님들끼리는 의외로 통하는 구석이 있다. 불경한 마음을 가지고 이기려 들면 오히려 내 속만 상한다는 점이 그렇다.

그럴 땐 이렇게 생각한다. 한낱 미물인 내가 무엇을 어찌 하리오! 그러면 (광고)주님에 의한 고난과 역경도 견딜 만해진다. 이 아이디어가 아니라 하시면, 비가 내릴 때까지 기우제를 지내는 마음으로 새로운 아이디어를 내는 것이다. 될 때 되겠지! (광고)주님의 시도 때도 없는 분노와 변덕 역시 일종의 천재지변이라고 생각하면 마음이 편해진다. 고작 인간의 힘으로는 하늘이 무너지는 걸 막을 수 없는 법이니, 내가 속상해서 무엇하리. 그야말로 어쩔 수 없는 일인 것을!

그럼에도 불현듯 올라오는 숙취처럼 상한 속을 들여다보게 될 때가 있다. 분위기가 좋지 않았던 광고주와의 회의 직후, 선배는 나에게 말했다. 이 기분으로는 회사에 돌아갈 수 없겠다고. 그러더니 근처의 조그만 펍에 갔다. 맥주 한 잔을 나오자마자 단숨에 들이켠 그가 단전에서부터 깊게 숨을 내쉬었다. 크아아아아. 소리는 굉장했지만 달라진 건 아무것도 없었다. 광고주 보고가 제대로 되지 않아 처음부터 일을 다시 시작해야 하는 사람이 그저 맥주를 원샷했을 뿐. 그렇지만 선배는 몹시도 개운해 보였다. 그때 느꼈다. 술이 일을 해결해주진 못해도, 적어도 일하는 사람의 마음 정도는 다독여준다. 그거면 된다.

내가 어떻게 할 수 없는 일은 언제든 생길 수 있다. 이제 어떡하지, 라는 생각이 들 때마다 스스로에게 답한다. 맥주나 마시지, 뭐.

이게 바로 버는 맛이지

책장 위에 놓인 위스키를 볼 때마다 다시없을 보람을 느낀다. 사이버머니 같기만 한 월급이, 직장인으로서 영혼을 바친 대가로 얻어낸 월급이 저렇게 멋지게 형상화할 수 있다니.

병의 유려한 곡선, 숙성 연도에 따라 다채로운 빛으로 찰랑이는 액체, 코르크 마개 안쪽에서 뿜어져 나올 준비를 하고 있는 화려한 향. 퇴근 후 튤립 모양의 글랜캐런 잔에 따라 마시면 감탄사가 절로 터져 나온다. 아, 이게 버는 맛이지!

때에 따라 마시고 싶은 위스키가 달라지지만, 하나만 꼽자면 '블랑톤 스트레이트 프롬 더 배럴'이다. '블랑톤'은 버팔로 트레이스 증류소에서 나온 프리미엄 라인의 버번위스키이고, '스트레이트 프롬 더 배럴'은 CS^{Cask Strength} 제품이라는 걸 의미한다. 일반 위스키는 병입 전에 물을 넣어 알코올 도수를 조절하는 데 반해 CS 위스키는 원액 그대로 병입을 한다. 도수도 가격도 제일 높은 제품이라고 할 수 있겠다. '블랑톤 스트레이트 프롬 더 배럴'은 도수가 60도 정도다. 60도가 각도가 아니라 도수라고요? 네, 괜찮습니다. 여성의 몸은 강인하니까요.

알코올 함량 부족할 일 없게 해주는 이 위스키는 맛과 디자인 모두 제대로 갖췄다. 오크 배럴이 연상되는 아름다운 유리병과 말을 탄 기수의 조각으로 장식된 코르크는 비슷비슷한 모양의 술병들 사이에서 그 영롱한 존재를 뽐낸다. 코냑 같은 화사한 향과, 바닐라 크림이 가득한 빵을 베어 문 것 같은 버번 특유의 부드럽고 달콤한 풍미가 압도적이다. 욕조에 따뜻한 물을 채운 뒤 반쯤 몸을 담그고 블랑톤을 홀짝이면 입욕제 따위는 필요 없다.

블랑톤은 '존 윅 위스키'로도 불린다. 영화 〈존 윅〉에서 존 윅(키아누 리브스)이 부상을 당했을 때 진통제 대신 마셨기 때문이다. 이 장면은 블랑톤 품귀 현상까지 빚었다. 존 윅처럼 마실 일이야 없겠지만, 마음의 상처에도 훌륭한 진통제가 되어줄 수 있다는 걸 다들 간파했던 게 아닐까. 나에게도 그렇다. 나는 이 정도 연료는 넣어줘야 돌아가는 사람이야. 이렇게 생각하면 아쉬울 것도 부러울 것도 없는 사람이 된다.

술 마시기 좋은 날

아, 술 마시기 좋은 날이네. 날씨가 좋으면 한숨처럼 절로 터져 나오는 말이다. 그렇다고 우중충한 하늘에 비가 주룩주룩 쏟아지는 날씨라 한들 안 마시고 싶을까? 그때는 몸을 순식간에 데울 수 있는 핫 토디(위스키를 베이스로 만든 따뜻한 칵테일) 같은 술이나 아니면 역시 기름진 안주에 막걸리겠지.

대체 술 마시기에 좋지 않은 날이 있긴 한 거냐는 질문을 받은 적이 있다. 여전히 그 답은 잘 모르겠다. 그럼 가장 마시기 좋은 날은? 이것도 어려운데…… 직장인으로서 가장 술을 즐기고 있다는 생각이 드는 때는 있다. 바로 일요일 밤늦게 마시는 술이다. 정확히는 월요일 새벽에. 출근을 코앞에 두고 태평스레 술을 마시고 있노라면, 굉장한 반항을 하고 있다는 착각이 든다. 엄밀히 따지면 내 손해인데도 그렇다. 악착같이 취업해서 다니는 회사인데, 나도 내가 왜 이러는지 모르겠다. 인생이 지루하지도 않은데 어째서 고생을 자처하는 걸까.

월요일이 한 주에서 가장 끔찍하다고 믿는 직장인이기 때문일 테다. 월요일이 됐는지도 모르게 계속해서 술을 마시는 것이다. 그렇게 마시고 나서도 성공적으로 그 주의 첫 출근을 해내면 이루 말할 수 없이 보람찬데, 그 기분이 너무 좋다. 단순히 관성에 의해 출근하는 게 아니라, 어떤 임무를 완수해낸 느낌이다. 치명적인 단점이 있다면, 월요병이 진짜 내장에서부터 치고 올라온다는 것.

우리 오늘 회식하나요?

술을 좋아한다고 하면 술자리도 다 좋아할 거라고 착각하는 사람들이 있다. 오히려 그 반대다. 술을 좋아하니까, 되도록 좋아하는 사람들하고만 마시고 싶다. 술맛 떨어지는 사람과의 술자리는 술에게 실례다.

직장인에게 회식은 강제 참여 이벤트다. 의미상으로 화합의 자리인 회식은 겉으로 보기엔 그냥 술자리다. 동료와 술을 마시다 보면 친해지고, 그럼 협업도 더 원활해지고, 그간의 불만같이 속 깊은 이야기를 터놓을 수도 있다고들 한다. 과연 그럴까요? 정말? 각자의 주량도 모르고 모두 깔끔하게 취할 거란 보장도 없는데, 어째서 그 위험을 감수해야 하나요? 개인적으로 친해져야만 능률이 오른다면 그 사람이 정말 일을 잘하는 사람일까요? 회식 자리에서 사장님이 불만 있으면 자유롭게 이야기해보라고 했을 때 정말로 손을 들고 이야기할 수 있는 사람이 있을까요? 진심으로 불만을 접수하고 싶으시다면 사장님이 구글 폼 설문지 만들어서 익명으로 받으시는 게 어떨까요? 물론 이런 생각은 어른답게 속으로만 했다.

피할 수 없으면 즐겨야 한다. 회식은 공짜 술, 공짜 고기, 공짜 노래방이 제공되는 자리다! 공짜라면 양잿물도 마신다는데, 뭔들 못 하겠냐는 마음부터 애피타이저로 먹어보자! 물론 엄밀히 따지자면 세상에 공짜는 없다. 내 금 같은 시간과 노력을 들이긴 해야 한다.

그래서 회식이 싫은지 물으신다면, 다는 아닐지라도 좋아합니다. 지금 회사 동료들을 좋아한다는 뜻이겠죠.

오후 3시의 갈비 회식

제일 기억에 남는 회식은 오후 3시부터 시작되었던 자리다. 술은커녕 저녁을 먹기에도 한참 이른 시각에 회식을 시작한 이유는 단순했다. 연남서식당에서 고기를 구울 계획이었기 때문이다. 이를 위해서라면 오후의 일쯤이야 다음 날로 미룬다. 미룰 수 있는 일이니까 미룬다. 선배들은 정말 해야 할 때와 안 해도 될 때를 아는 사람들이니까.

마포의 연남서식당은 전국에 있는 수많은 '서서갈비' 가게의 원조다. '서서' 갈비라고 해놓고 의자가 있는 집들과는 다르다. 이름에 걸맞게 꼼짝없이 서서 먹어야만 한다. 포탄이 떨어지는 50년대부터 군용 천막과 드럼통을 가져다놓고 고기를 팔아온 노포다운 고집이다. 물론 시간이 흐른 뒤 군용 천막 대신에 멀쩡한 건물 안으로 옮겨 갔지만, 고기와의 전쟁은 아직 끝나지 않았다는 듯 기름때와 그을음으로 사방이 시커멓게 찌들어 있었다.

이 전쟁에 참전하는 사람들은 집게와 가위, 술병으로 무장한 우리. 다 함께 드럼통 주위에 둘러서서 쉴 새 없이 고기를 굽고 먹고 술을 주고받는 행동들은 물 흐르듯 신속하고, 뜨거운 열기를 뚫고 앞으로 향하는 씩씩한 젓가락질은 참으로 전

투적이다. 고기를 먹는다기보다 '해치우는' 기분이 든다. 누구도 감히 범접할 수 없을 정도로 온몸에 고기 냄새가 밴 채 술집에서 나올 때면, 서로를 향한 전우애도 더욱 짙어진다.

대부분의 고깃집이 그렇듯 테이블당 한 명은 굽기를 전담해야 한다. 이럴 때 고통받는 건 주로 나이 어린 막내들이다. 단순히 고기를 굽기만 하면 참 좋겠지만 동시에 윗사람들의 잔소리까지 감당해야 한다. 가장 무난한 삼겹살을 구울 때만 해도 딱 한 번만 뒤집어라, 두 번은 뒤집어라, 계속 뒤집어가며 익혀라 같은 굽기의 방식뿐만 아니라 언제 고기를 자르고 김치를 올려야 하는지까지, 들어야 할 말이 너무나 많다. 그렇게 맞춰서 구워봤자 정작 자기 입에는 양껏 넣지 못하고 윗사람들 앞에 적절히 놓아야 하는 것도 속상하다. 연남서식당의 메뉴는 돼지고기보다 까다롭고 지켜보는 사람을 더 예민하게 만든다는 소고기, 그중에서도 소갈비다. 게다가 양념갈비라서 불판에 눌어붙거나 타지 않게 신경 써야 하고, 자칫하다 너무 바싹 익히면 딱딱해질 수 있다. 그럼에도 이곳에서의 회식이 행복한 기억으로 남아 있는 이유는, 내 경우 언제나 선배들이 고기 굽기를 자처한 덕이다.

고기는 결의 반대 방향으로 잘라야 먹을 때 더 부드럽다는 것, 생각하는 것보다 좀 더 큼직하게 잘라야 양념과 육즙을 함께 느낄 수 있다는 것, 불판에서 제일 뜨거운 중앙에서 빨리 굽는 게 아니라 가장자리에서 바쁘게 손을 놀리며 구워야 퍼석하지 않고 촉촉하게 먹을 수 있다는 것, 전부 여기서 배운 것들이다. 이것으로 끝이 아니다. 선배들은 다 구워진 고기를 특제 양념 통 안에 담가두어 고기가 식어도 맛있게 먹을 수 있는 기술까지 선보였다. 고기를 태우지 않으니 불판을 교체할 필요도 없었다. 불판을 교체할 시간에 고기 한 점을 더 굽는다! 선배는 회사에서나 고깃집에서나 변함없이 선배였다.

끊임없이 구워지는 고기들을 보고 있노라면, 후배로서 가만히 있을 수 없다. 열기로 가득한 고깃집 안의 답답함을 식혀줄 시원한 맥주를 먼저 따르고 양념갈비의 단맛을 배가해줄 소주도 적당히 기울인다. 계량하지 않고 손목의 감으로 넣은 소주는 언제나 생각보다 과하다. 그럼 일단 이 잔은 내 거.

서서 먹으면 앉아서 먹는 것보단 열량 소모가 있지 않을까 싶었지만, 오히려 아랫배부터 윗배까지 틈 없이 고기를 꾹꾹 눌러 담게 된다. 그래도 일을 하다 지친 얼굴이 아니라 먹느라 지친 얼굴의 동료들을 보는 건 즐겁다. 이제 그만 가자는 말이 나올 때가 되면 신체의 모든 표면에서 고기 냄새가 진동한다. 혼자라면 부끄럽겠지만 모두와 있을 때면 용감해질 수 있다. 기꺼이 다 함께 한심해질 수 있는, 우리는 한 팀이다.

2022년 초까지만 해도 성업 중이던 연남서식당은 재개발로 인해 잠시 영업을 중단했다. 언젠가 다른 곳에서 다시 영업을 시작하겠지만, 내가 기억하는 모습은 찾아볼 수 없을 것이다. 이 고깃집을 함께 찾았던 선배들과도 인사이동으로 인해 뿔뿔이 흩어졌다. 그때의 선배들과 나도, 영원할 것만 같던 식당도, 이제는 다시 반복할 수 없을 한때의 추억이 되었다.

가방 없이 출근하는 직장인

나는 회사에 가방을 들고 다니지 않는다. 처음부터 그랬던 건 아니다. 예전엔 백팩에 온갖 물건을 바리바리 싸 들고 다녔다. 술을 마시다 언제 어디서 쓰러져도 다음 날 무사히 출근할 수 있도록 여분의 속옷, 생리대, 양말, 화장품 같은 것들을 잔뜩 넣은 가방은 당장 여행을 가도 무방한 수준이었다.

그러던 내가 가방을 들고 다니지 않게 된 건 회식 때문이다. 험하기로 소문난 광고주 회식 때 자연스럽게 도망치려고. 중간에 나와야 하는데 가방을 들고 일어나면 너무 티가 날 것 같고, 다들 술에 취한 틈을 타 화장실에 가는 척하면서 집에 가기 위해서였다.

가방 없는 출근길은 생각보다 너무 편했다. 무거운 가방이 없으니 어깨가 가뿐했고, 혹시라도 가방을 잃어버릴까 걱정하지 않아도 되니 마음도 편했다. 술에 취하면 꼭 물건을 어딘가에 두고 나오는 버릇 때문에 잃어버린 가방만 여러 개였고, 그때마다 아예 가방을 들고 다니지 말자고 결심하기도 했다. 그리고 퇴근 후 술자리가 매일같이 이어지면서 자연스레 가방을 들고 다니지 않게 되었다.

지금은 술자리가 없어도 가방을 들고 다니지 않는다. 초반에는 '학생이 가방이 없는 건 군인이 전쟁터에 총을 안 가지고 가는 거나 마찬가지야'라던 선생님의 외침이 귓가에 울리는 것 같았다. 직장인에게 회사는 전쟁터라고들 하는데, 그럼 나는 맨몸으로 전장에 뛰어드는 대책 없는 사람이 되는 건지. 그런데 맨몸이라면 도망 다니기엔 더 수월할 테니, 소기의 목적은 달성할 수 있는 거니까 상관없나? 게다가 생각해보면 노트북을 회사에 두고 다니는 한 굳이 가방을 들고 다닐 일이 없다. 다들 가방에 뭘 넣고 다니는 걸까? 사원증은 주머니에 넣으면 되고, 애초에 지갑은 들고 다니지 않고(삼성페이를 쓴다), 화장도 하지 않고(핸드크림 정도는 회사에 둔다)…….

이제 사람들은 내가 가방을 들고 오면 무슨 일이 있냐고 묻는다. 뭐든 꾸준하면 그대로 인정받는 법이다.

팔자 좋은 주정뱅이의 사주팔자

마음이 초조할 때면 사주를 본다. 중요한 보고나 회의를 앞뒀을 때, 처음 만나는 사람과 약속이 있을 때, 중요한 사람을 만날 때 등등. 최선을 다해도 세상에는 예측할 수 없는 변수가 너무 많기 때문이다.

누군가를 찾아가는 건 아니다. 스마트폰만 켜도 사주 앱으로 내 운명을 알 수 있는 편한 세상이다. 내가 애용하는 앱으로는 총 운세와 신년 운세 외에도 매일매일의 운세를 확인할 수 있다. 운세는 100점 만점의 점수로 계산되어 나온다. 55점 인 날에는 적당히 기대치를 낮춘다. 열심히 살아도 뭐가 잘 안 될 수도 있겠구나. 90점인 날에는 조금 들뜬다. 오늘은 행운이 따라줄 테니 마음 가는 대로 행동해볼까. 아주 드물게 100점이 라는 점수가 떠 있을 때도 있다. 이제껏 단 두 번 봤다. 점수대 로 정말 100점짜리 하루였는지는 잘 모르겠다. 기대가 너무 컸 던 탓인지, 내가 가질 수 있는 100점이 이거밖에 안 되는 건지. 100점이라는 점수를 봤을 때의 기쁨에 모든 운을 다 써버렸는 지도.

좀 더 자세한 조언이 필요할 때는 시간대별 점수까지 들 여다본다. 앱에서는 오전 7시부터 11시 59분까지를 '오전', 정 오부터 17시 59분까지를 '오후', 18시부터 23시 59분까지를 '밤'으로 나누어 시간대별 점수와 자세한 설명을 확인할 수 있다.

새벽에 혼자 하이볼을 홀짝이던 날이었다. 일은 일대로 바빠서 늦게 퇴근했는데, 이제는 기억도 나지 않는 사소한 이 유로 S와 다투기까지 했다. 속상한데 화낼 기력도 남지 않아서 혼자 술이나 마시려고 심야에 사람도 없는 이자카야를 찾았 다. 안주는 어묵과 토마토절임, 단무지무침. 단출한 만큼 쓸쓸 했다.

오늘 내 운세가 진짜 별로였나. 그래서 그런가. 뭐라도 탓 하고 싶어서 사주 앱을 켰다. 그런데 기대와 달리 막상 확인한 점수가 나쁘지 않았다(85점 정도였던 것으로 기억한다). 어쩐지 더 울적해진 마음을 어떻게든 달래보고자, 망한 하루에 대한 조그마한 단서라도 찾아보고자 시간대별 운세를 클릭했다. 그런데 운세를 확인하던 그 시각, 새벽 2시의 운세는 사주 앱에 나와 있지 않았다!

자정에서부터 오전 7시 전까지의 사주 정보는 찾아볼 수 없다. 보통 사람들은 자는 시간이니까 굳이 운세를 계산할 필요가 없었을지도 모른다. 어쨌거나 옛날부터 기록되어온 빅데이터를 모아 사주를 만들고 그걸 시간대로 나눠 세세하게 앱으로 확인할 수 있는 세상이 되었어도, 모종의 이유로 자정부터 아침까지의 운세는 확인할 수 없는 것이다. 그게 이상하게도 위로가 되었다. 이 새벽만큼은 빅데이터에서 벗어난 나만의 시간이라는 생각이 들어서.

중요한 일을 할 때면 여전히 사주 앱을 켜서 운세를 본다. 그렇지만 점수 매기기도 겁나는 일은 새벽에 하게 되었다. 사주에서 가늠할 수 없는, 누구도 점칠 수 없는 이 시간 속에서 운과는 상관없이 나의 최선을 다해보고 싶어서.

피 대신 기름 튀기는 직장인

삶이 팍팍할 땐 기름이다. 그러므로 고단한 퇴근길엔 치킨이다. 피곤함에 찌든 가장의 손에 괜히 치킨이 들려 있던 게 아니다. 마음이 헛헛하니까 배라도 채우고 싶어서, 직장보다 가장의 의미를 되찾고 싶어서가 아니었을까. 회사에서는 이리 치이고 저리 치이는 월급쟁이였어도 치킨을 손에 들고 있다면, 환호하는 가족 앞에서만큼은 개선장군이 될 수 있었을 테니까. 누군가가 기뻐하는 모습을 보는 것으로 당장이라도 때려치우고 싶었던 일이 조금이나마 의미를 지닐 수 있다면, 치킨을 사는 게 이득이다.

뭐 그런 마음이 아니었을까, 싶은 것이다. 나 역시 스스로를 먹여 살리는 가장이니까. 물론 아이가 없는 몸이라 그런지 내가 연출하는 장르는 조금 다르다. 단란하게 모여 앉아 닭 다리를 양보하며 훈훈하게 치킨을 먹는 가족 드라마보다는 이건, 노예처럼 일하는 직장인이 복수를 꿈꾸며 피 대신 기름을 튀기는 살벌한 액션 활극이다!

복수는 냉정하고 침착하게 해야 제맛. 냉장고에 차갑게 장전해둔 맥주부터 꺼낸다. 거침없이 탕! 맥주 캔 따는 소리가 시원하게 발사된다. 오늘 하루를 향한 뒤늦은 선전포고다(그 과정에서 생각보다 거품이 많이 일어도 터프하게 지나친다). 입술에 닿는 차가운 알루미늄의 감촉을 기꺼워하며 고개를 뒤로 꺾는다. 곧장 목구멍으로 쏟아지는 맥주의 서늘한 기운에 하루 종일 구부정하게 굽어 있던 등이 서서히 펴진다. 짜릿한 탄산이 심금을 울린다. 뱃속이 부글거리는 거품으로 든든해지고 얼굴이 달아오른다. 반란의 기운이 스멀스멀 솟아난다.

오늘 내가 치른 것은 17 대 1까지는 아니었어도 일대다 싸움이었다고 할 수 있다. 무리한 일정, 과도한 업무량, 거친 언사와 도통 말이 통하지 않는 답답한 반응으로 나를 자근자근 짓밟은 사람들이 무수히 눈앞을 스쳐간다. 말해봐요, 저한테 왜 그랬어요? 나는 치킨을 향해 곧장 달려든다. 가슴을 쥐어뜯는 심정으로 두툼한 닭 가슴살에 거칠게 이를 박아 넣는다. 멱살 잡듯 닭의 목뼈를 들고 잘근잘근 씹는다. 기어코 다시 전장으로 향할 다리를 분질러버릴 기세로 닭 다리를 잡아 뜯는다. 가시처럼 뾰족하게 솟은 튀김옷이 입천장을 사정없이 찌르고 뜨거운 육즙이 흐르지만, 나는 굴하지 않는다.

'직장인의 비애가 담긴 치킨'은 사실 굉장히 오랜 역사를 갖고 있다. 치킨, 엄밀히 따지면 프라이드치킨의 기원은 노예의 역사와 맞닿아 있기에. 미국 남부의 농장에서 일하던 노예들이 아주 특별한 날에 닭의 특수 부위를 튀겨 먹던 음식이 지금의 프라이드치킨과 가장 유사하다고 한다. 노예들의 유일한 단백질 공급원이 되어주었던 치킨은, 현대에 이르러 노예처럼 일하는 직장인들을 위로하는 음식이 되었다.

알고 있다. 어차피 이기지 못할 싸움이며, 나는 내일도 변함없이 출근할 것이란 사실을. 그러니 직장의 모든 비애는 그저 직장直腸으로 흘려보내자, 다짐하며 치킨을 뜯는다.

현생의 노력이 가상하다

나는 현실에 안주하는 편이다, 가상현실에. 직장인이 되고서도 그랬다. 휴학 한 번 하지 않고 대학을 졸업하자마자 입사한 나는 동기들 중에서 가장 어렸다. 동기들은 내 나이를 부러워하면서도 학교에서 회사로 곧장 넘어온 나를 걱정했다. 앞으로는 쉴 수 있는 시기가 없을 텐데 괜찮겠냐고. 그들은 회사에 매이기 이전, 세상을 자유롭게 누볐던 이야기를 늘어놓았다. 유학을 갔다 온 사람들도 여럿이었고, 워킹홀리데이를 다녀오거나 느긋하게 여행을 즐긴 사람들도 많았다. 이름도 기억나지 않는 스페인 어느 지역의 골목을 돌아다니며 여유로운 시간을 보내는 게 좋았다고, 유명한 대도시들은 너무 번잡하고 식상하지 않느냐는 이야기를 들었을 땐 고개도 끄덕거리지 못할 정도로 주눅이 들었다. 그때까지 나는 유럽은커녕 바로 옆에 있는 일본도 가보지 못했고, 하다못해 젊은이들의 특권이라는 국내 철도 여행 패스권 '내일로'도 이용해본 적 없었으니까. 지구 곳곳을 종횡무진 누빈 동기들의 무용담을 들으며 나는 내가 가장 멀리 떠나본 장소를 떠올렸다. 게임 속 신규 맵을⋯⋯.

한가할 때면 PC방에 갔다. PC방에 도착해 나는 우선 열두 시간짜리 이용권을 끊은 뒤 심호흡을 하고 주위를 둘러본다. 떠들썩하게 남학생들이 몰려 있는 곳은 피하고, 오가는 사람들의 방해를 최대한 덜 받을 수 있는 구석 자리를 찾는다. 의자가 삐걱거리지는 않는지, 전에 앉았던 사람이 흘린 부스러기가 남아 있지는 않은지 살핀다. 키보드를 탁탁 소리 내어 털고 물티슈로 마우스를 닦아낸 다음 자리에 앉아 컴퓨터의 전원을 켠다. 현실 세계로 돌아오라는, 성가신 알람이나 다름없는 스마트폰은 화면이 보이지 않게 덮어둔다. 헤드폰으로 귀를 덮고 음량을 섬세하게 조절한 후, 의자에 엉덩이를 빈틈없이 밀착하고 허리를 뒤로 젖히면 마침내 준비가 다 된 것이다. MMORPG Massively Multiplayer Online Role-Playing Game, 대규모 다중 사용자 온라인 롤플레잉 게임의 접속 버튼을 누를 준비가. 이 일련의 과정은 먼 나라로 떠날 준비를 하는 일과도 비슷하다. 속옷과 세면도구와 여권을 챙기고, 한번 올라타면 오래도록 내리지 못할 비행기의 자리를 살피는 일. 나에게 게임은 다른 세계로 떠나는 여행이므로.

　그렇게 나 자신을 세뇌했다. 대학 시절 나는 학비며 생활비까지 전부 스스로 감당했기에 언제나 시간과 돈에 허덕였다. 깨어 있을 때는 학교와 아르바이트 장소를 숨 가쁘게 오갔고, 식사는 프랜차이즈 빵집에서 파는 소시지빵으로 대충 때웠다. 가끔 여윳돈을 모아 맛집에 가거나, 일 년에 한 번 정도 학과 동기들과 엠티를 가는 게 인생의 가장 큰 이벤트였다. 시간도 돈도 여유가 있어야만 떠날 수 있는 여행길에 오를 순 없었다. 조그만 모니터 스크린 속의 가상 세계만이 내가 자유롭게 누빌 수 있는 여행지였다. 조금 부끄러웠지만, 슬프지는 않았다. 무궁무진한 잠재력을 지닌 그 세계에 나는 푹 빠져 있었으니까.

　PC방의 훌륭한 컴퓨터 사양으로 맛보는 21세기의 그래픽 수준은 놀랄 만큼 정교하고 화려했다. 당시의 나에겐 실제로 하늘을 올려다본 시간보다, 모니터 속의 하늘을 들여다본 시간이 분명 더 많았을 것이다. 미세먼지 하나 없이 선명한 하늘은 바라만 봐도 좋았다. 한낮에는 그림 같은 구름들로, 밤에는 빼곡하게 빛나는 은하수로 가득했다. 0과 1의 디지털 코드로 만들어진 풍경은 비현실적으로 아름다웠지만, 섣불리 가짜라고 부를 수 없을 만큼 현실과 닮아 있기도 했다. 시시각각 바뀌는 움직임에 따라 그림자가 너울거렸고, 수풀은 바람에 따라 부드럽게 흔들렸으며, 사물들은 저마다 다채로운 색으로 빛났다. 그런 풍경을 보고 있노라면 피부에 결코 닿을 일 없는 스크린 속 햇볕이 피부 위로 따사롭게 내리쬐는 것만 같았다. 홀린 듯 모니터에 얼굴을 들이대다가 태양광과는 사뭇 다른 전자파의 기운을 느끼곤 물러서야 했지만.

　PC방은 한 시간에 천 원이었지만, 그 안에서 만날 수 있는 세계는 천만 원짜리 유럽 일주 패키지여행 못지않았다. 아마존 부럽지 않은 대자연이나 중국의 장자제 같은 비경은 물론, 사하라처럼 끝도 없이 펼쳐지는 사막 그리고 현실의 인간은 절대로 갈 수 없을 혹독한 용암지대도 오갔다. 나는 그런 곳에서 인간의 한계 정도는 우습게 뛰어넘은 속도로 신나게 달리거나 전설 속에나 나올 법한 동물을 탄 채 느긋하게 돌아다녔고, 날개를 단 채 공중을 날아다니기도 했다. 카리브해가 연상되는 푸르른 바다를 바라보며 낚시를 하거나 태평양 같은 대양을 헤엄치기도 했고 다양한 해양생물들도 포획했다. 그때마다 나는 키보드의 키를 눌렀다. 사람들이 여행 도중 기념하고 싶은 순간에 카메라의 셔터를 누르듯, 프린트스크린키를 누르곤 했다.

　그런 한편 나는 알고 있었다. 이렇게 캡처한 이미지가 회사 동기들의 여행 사진처럼 SNS에 올릴 만한 사진은 아니라는 것을. 던전을 클리어한 일은 동기들의 여행담과는 달리 자랑스럽게 떠들어대기엔 하찮아 보인다는 것을. 아무리 멋진 풍경이 나오고 깜짝 놀랄 만한 사건이 일어나도, 그건 모두 구리

구리한 냄새가 나는 PC방의 컴퓨터 한 대에서 벌어진 일에 불과하니까. 첫 월급을 받던 날, 나는 막연하게 떠올렸다. 휘황찬란한 신규 맵에서 번쩍이는 옷을 입고 있는 내 아바타의 모습이 아니라, 공공연하게 자랑할 만한 여행지에서 카메라를 들고 있는 나의 모습을.

그로부터 어느덧 몇 년이 흘렀다. PC방 말고는 선택지가 없었던 학생 때와는 달리 안정적인 월급을 버는 직장인인 나는, 실제로 사하라사막과 카리브해에서 브이를 날리며 사진을 찍어본 나는, 과거의 나에게 이렇게 말해주고 싶다. 부끄러워해야 할 것은 게임이 아니라 좋아하는 것을 부끄럽게 생각하는 네 마음이야! 나이가 들어도, 친구들 앞에서 당당하게 으쓱댈 만한 경험을 쌓아도 내가 게임을 재밌어하는 건 역시 변하지 않는다고, 게임이 현실보다 더 나을 때도 있다고.

나는 요즘도 종종 게임 속으로 떠난다. 이 세계에선 모든 게 분명하다. 이곳에서만큼은 나의 상태와 능력치를 정확한 수치로 확인할 수 있고, 상황에 맞게 가야 할 곳과 해야 할 일이 일목요연하게 정리되어 있다. 특정한 행동을 하면 경험치가 쌓이고 레벨이 오른다. 현실 속의 나는 똑같이 반복되는 일상 속에서도 갈피를 잡지 못할 때가 많은데. 회사에서는 대체 어떤 수를 써야 맡은 프로젝트가 제대로 굴러갈지 모르겠고, 계속해서 글을 쓰고는 있지만 나아지고 있는지는 도무지 모르겠는데 말이다.

게임 속에서라면 해결 못 할 일도 없다. 회사에서는 광고 주에게 전화 걸기도 무서워서 끙끙거리고 집에서는 써야 할 원고를 떠올리며 하염없이 빈칸을 바라보지만, 게임 속의 나 는 말도 안 되는 일을 아무렇지도 않게 해낸다. 인간보다 몇 배 나 더 크고 흉악한 몬스터 일당을 소탕하고, 위기에 처한 이의 생명을 구한 뒤 악당들의 본거지로 찾아가 복수하고, 평생을 광산에서 노동만 한 광부처럼 희귀한 광물이 나올 때까지 곡 괭이를 휘두르기도 한다.

그러니까 어떻게 게임을 관둘 수가 있겠어? 절이 싫으면 중이 떠나야 한다는 말마따나, 현실에 안주할 수 없다면 가상 현실로라도 떠나야지. 그러나 역시 이놈의 현실은 내 마음대 로 되지 않아서, 언제 어디서나 접속 버튼을 눌러댈 수는 없다. 그럴 때 나는 지금 내가 게임을 하는 중이라고 속으로 되뇐다. 이를테면, 가상의 퀘스트 창을 띄우는 것이다.

〔반복 퀘스트―기획서 4차 수정〕

난이도: A-

내용: 다음의 세부 조건을 만족한 문서를 메일로 전송하 시오.

　〔세부 조건 확인〕

클리어 조건: 광고주의 '읽음' 표시 (미달성)

광고주의 최종 승인이 담긴 답신 (미달성)

보상: 월급 유지, 정신력 소폭 상승, 사내 명성 수치 소폭 상승.

실패 시: 광고주 분노 이벤트 발생, 5차 수정 퀘스트 발생 확률 50퍼센트 증가, 상태 이상(정신력 하락에 따른 능력치 전반 일시 감소, 회복 무효, 반나절 지속)

퀘스트 창이 뜨면 나는 어떻게든 해결한 뒤 완료 버튼을 누를 테니까. 게임은 그런 거니까. 물론 끊임없이 생성되는 퀘스트를 해치우는 일은 여간 지겨운 일이 아니다. 게임은 이렇지 않다고 이른바 '현타'가 올 때도 부지기수다. 그럴 때 나는 허공 어딘가를 향해 묵묵히 브이를 하며 웃는다. 누가 보면 섬뜩할 광경이겠지만, 스스로가 정말 MMORPG의 캐릭터가 된 것 같아서 모든 게 다시 우스워진다. 게임 플레이어처럼 다른 차원의 누군가가 나를 지켜보고 있을 것이고, 나는 그저 그의 캐릭터로서 할 일이나 하면 된다는 생각에 마음이 한결 가뿐해진다. 그저 얇은 모니터를 사이에 두고 현실과 가상이 나뉘어버린 것이 아쉬울 뿐이다.

CC, Company Coworker?
Company Couple? Chaos Creators?

신입사원 시절, 본부장님이 말씀하셨다.

"사내 연애하면 고과 감점이다!"

웃고 넘어가기엔 말에 뼈가 있었다. 나의 마음을 쿡쿡 찌르는 날카로운 뼈가.

썸 타는 사실을 비밀로 했던 게 고과 때문은 아니었다. 제대로 시작도 안 한 관계를, 어떻게 될지도 모르는데 동네방네 떠들고 다닐 이유가 없었을 뿐. 애초에 사람의 감정이란 장소를 가리지 않는다. 고작 회사라는 이유로 접을 수 있는 감정이라면 사랑이라 부를 수 있겠어? 게다가 일이 바쁠수록 사내 연애가 시작될 확률은 높아지기만 했다. 퇴근을 제때 해야 밖에서 소개팅이라도 해볼 텐데, 지독하게도 바쁜 광고회사 특성상 그나마 자주 볼 수 있는 회사 동료와 가까워지는 건 매우 자연스러운 일이었다. 구구절절한 설명 없이도 회사 생활에 대해 쉽게 토로하고 이해받을 수 있다는 점 역시 관계를 급격하게 진전시키는 동력이 되었다.

물론 본부장씩이나 되는 분께서 지레 지적할 정도로 사내 연애는 눈치 볼 일이 많다. 연애가 잘못은 아니지만, 사람들의 칼날 같은 시선들은 시시때때로 잠재적 사랑꾼들의 얼굴을 훑고 지나간다. 일하다 실수라도 하면 연애 때문에 공사도 제대로 구분하지 못하는 아마추어 취급을 할 기세들이다(연애하다 성적이 떨어지면 이별부터 권고받는 학생 때와 비슷하다). 회사의 부품 주제에 어디 감히 사내에서 '연애질'을 해? 물론 부품은 맞는데, 저도 감정이 있는 부품이라고요.

그렇지만 적당한 고난과 역경은 연애에 감칠맛을 더하는 법. '사내'란 단어를 앞에 붙인 연애만이 가질 수 있는 짜릿함이 있다! 어떻게 장담하냐면, 내가 해봤으니까. 세상에 사내 커플은 많겠지만, 나는 그중에서도 사내 연애의 모든 요소를 만끽해본 사내 연애 마스터라고 자부한다. 연애의 첫걸음 자체를 회사에서 떼본 적도 있다. 고백을 회사 안에서 받았다는 뜻이다.

여느 날과 다를 바 없이 야근하던 날, 마찬가지로 회사에 붙잡혀 있던 썸남이 나를 잠시 사내 라운지로 불러냈다. 이제는 썸에 종지부를 찍고 제대로 연애하고 싶은데 너무 바빠서 도무지 말할 틈이 안 났고, 막상 결심하고 나니 입이 근질거려

애가 탔고, 그러니 이렇게 회사에서라도 말해야겠다고. 어두 컴컴하게 소등된 회사 라운지에서의 멋없는 고백이었지만, 사내 연애로만 맛볼 수 있는 순간이기도 했다. 우리는 떨리는 마음을 애써 진정시키며 각자 노트북 앞으로 복귀해 메신저를 켰다. '얼른 마치고 같이 퇴근하자'라는 메시지를 보내기 위해.

회사에서 화장실에 가는 것만으로도 똥 싸면서 월급 받는다고 좋아하는 게 직장인이란 존재다. 하물며 회사에서의 연애는, 일과 사랑이라는 매력적인 두 마리 토끼를 다 쟁취한 기분을 느끼게 해준다. 급기야는 회사를 바라보는 관점에 핑크빛 필터를 씌우게 된다. 일거리만이 쌓여 있던 지겨운 회사 공간이 무궁무진한 잠재력을 지닌 데이트 장소로 보이는 것이다. 마치 '해리 포터' 시리즈에 나오는 9와 4분의 3 승강장처럼, 그전까지는 스쳐 지나갔던 층과 층 사이의 계단이 잠깐 만나 손이라도 한번 꼭 잡고 헤어지는 둘만의 공간으로 변하는 마법이 벌어진다. 비어 있는 회의실이나 사내 카페 안 구석 자리의 새로운 쓸모는 말할 것도 없다.

지각을 일삼던 내가 출근을 한 시간이나 일찍 하는 기적이 일어나기도 했다. 사내 카페에 둘이 앉아 여유롭게 아침을 먹고 싶다는 이유로 새벽같이 일어나 출근을 서둘렀다. 사랑의 힘은 이 정도다. 직장인의 피 같은 수면 시간을 줄이는 게 별것 아니라고 느껴지는 정도.

주변에선 사내 연애를 비밀로 해야 한다고 조언했다. 회사에서만큼은 연인이라도 지켜야 할 선이 있는 건 당연하지만, 연애가 잘못도 아닌데 왜 숨기라는 걸까? 어차피 사내 연애란 건 속이는 사람만 있고 속는 사람은 없는 거 아니었나? 연애는 둘의 일이니 피해만 주지 않으면 될 텐데. 그럼에도 사람들은 내가 '여자라서' 사내 연애를 재고해보라고도 했다. 관계는 한 사람만의 문제가 아닌데도, 사내 연애가 파국을 맞으면 후폭풍은 여자가 더 크게 맞게 될 거라고 입을 모았다. 나는 굴하지 않고 사랑을 감행했다. 사내 연애라고 해서 내가 알던 연애의 본질이 달라지는 게 아니기 때문이었다. 영원히 지속되는 연애는 없다는 것, 언젠가는 이 일을 후회할 수 있다는 것, 그런 후회까지도 연애의 일부란 것까지 전부.

지금의 남편 S와 나는 사내 커플이다. 회사에서 고백한 썸남이 바로 S다. 그와는 사내 썸, 사내 연애, 사내 결혼까지, 회사에서 할 수 있는 건 다 해봤다(엄밀히 따지자면 사내에서 결혼한 것은 아니지만……). 일해야 하는 회사에서 같이 안 해본 게 있다면 일이었다.

나는 AE고 S는 카피라이터다. 내가 광고주와 협의한 기획서를 S가 속한 제작부서로 넘기면, S가 열심히 아이디어를 내고 카피를 써온다. 그럼 나는 S를 포함한 제작부서 사람들이 정리한 아이디어들을 놓고 회의를 거친 후 광고주와 다시 조율해 실행시키는 일을 한다. 하는 일은 엄연히 다르지만, 결국 하나의 일을 완성하기 위해 힘을 합쳐야 하는 관계다. 서로 맞물려 돌아가는 부품이라고 할 수 있겠다.

그렇지만 회사 내 AE부서나 제작부서가 한둘이 아니어서 S와 같은 프로젝트를 맡게 될 확률은 희박했다. 심지어 각자의 부서가 위치한 층도 달라 마주칠 일도 없었다. 회사에서 얼굴을 보려면 같이 점심을 먹거나 커피를 마시자고 굳이 약속을 잡아야 했다. 어차피 집에 돌아가면 볼 건데 회사에서도 봐야겠냐고 할 수도 있겠지만, 일이 풀리지 않을 때 5분이라도 같이 이야기를 나누면 속이라도 풀릴 테니까. 한번쯤 일을 같이 해보고 싶다가도, 일하면서 생기는 스트레스를 서로 털어놓다 보면 같이 안 해서 다행이란 생각도 들었다. 모든 걸 함께하지 않기에 행복할 수 있는 법이라고.

그렇게 생각했는데, 회사를 오래 다니다 보니 어쩌다 같은 프로젝트를 진행하게 됐다. 벌어질 일이 드디어 벌어지고야 말았다는 느낌이랄까. S와 처음으로 회의를 위해 회의실에서 만난다고 생각하니, 내 마음은 썸 탈 때보다도 더 크게 요동쳤다. 설렌다기보다는…… 괜히 일에 방해가 될까봐였다. 사내 연애를 하는 것과 사내 커플이 같이 일하는 것은 전혀 다른 문제니까.

회의실 안에서 마주한 S는 사뭇 달라 보였다. 이제는 다 안다고 생각했던 S에게 내가 모르는 얼굴이 남아 있었다. 그와 눈을 마주쳐도 그 안에 일말의 애정 따위는 보이지 않았다. 웬

만해선 웃을 일 없다는 듯 무표정을 한, 닮을 대로 닮은 직장인 S가 자리에 앉아 있었다. 나 역시 괜한 오기에 더더욱 표정을 굳히고 무생물을 보는 듯한 눈으로 S와 마주했다. 생전 안 쓰던 존댓말까지 썼다. 일보다 사랑을 앞세우는 태도는 사내 커플로서 실격이라는 마음가짐으로!

돌이켜보면 '그랬던 때가 있었지' 싶다. 이제는 S와 함께 회사 일을 하는 것에도 익숙해졌다. 처음엔 마냥 어색하고 불편할 줄 알았지만 일하다 보니 장점이 더 많았다(같이 팟캐스트를 오래 해왔기 때문에 협업이라면 자신 있기도 했다). 일단 일을 더 열심히 하게 된다. 괜한 말이 나올까봐. 의외로 일하는 것도 더 편하다. 부서끼리 긴밀하게 논의해야 하는 부분을 누구보다 빠르고 편하게 공유할 수 있기 때문이다. 커플이기에 더 든든했던 적도 많다. 밤을 새워가며 촬영할 때도 함께 있으면 외롭지 않았고, 늦은 새벽에 택시를 타고 오가는 것도 함께라면 그나마 괜찮았다. 집보다 회의실에서 얼굴을 보는 시간이 더 많을 만큼 바쁠 때면, 아무리 바빠도 얼굴 보며 살 수 있어서 다행이라는 생각을 하기도 했다. 프로젝트가 끝나 회식 자리가 겹치는 것도 좋았다. 서로 챙긴다기보다는, 회사 돈으로 같이 맛있는 걸 먹으면 좋잖아.

물론 단점도 있다. 퇴근하고 나서 집에 돌아와서도 일 얘기를 나눌 때가 많아진다는 것이다. 가끔은 우리가 부부인지 동료인지, 대체 뭐가 먼저인지 헷갈릴 지경이다. S는 종종 아이디어를 정리하다 말고 슬쩍 보여주며 묻는다. "이거 어떻게 생각해?" 그런 질문을 들으면 나는 일단 속으로 흐뭇해한다. '음…… 잘하고 있군. 걱정이 없겠어.' 그러나 아니다 싶으면 바로 이야기한다. "그런데 이런 아이디어는 광고주가 안 좋아할 것 같은데? 이렇게 해보면 어때?" 그러다 서로 욱해서 참견 말라고 다투기도 한다.

그럼에도 집으로까지 회의가 연장되는 게 꼭 싫지만은 않다. 서로의 최대 관심사이기도 하고, 입에 발린 말 없이 솔직한 의견을 주고받을 수 있다는 건 정말 편리한 일이니까. 어차피 바쁠 땐 회사와 집을 가리지 않고 일에 온 정신을 빼앗기기 마련인데, 둘 중 한 명이 한가하면 그건 그것대로 짜증 나는 일이다. 못된 심보지만 같은 월급을 받는 동기라 어쩔 수 없다. 같이 바쁠수록 집도 점점 더러워진다. 그래도 대혼돈 속에서 뭔가를 꾸역꾸역 창조해내려 고생하는 전우 같은 동료가 있다는 건 참 좋은 일이다.

첫 출장 역시 함께 갔다. 2박 3일의 지방 촬영 일정이었다. 보통 인당 방 하나를 쓰는데, 숙소를 조율하던 PD님이 따로 연락을 주었다. 아주 조심스럽게 말을 꺼내길래 무슨 말을 하려나 했는데…… S와 같은 방으로 배정되길 원하느냐고, 원하는 대로 맞춰주겠다는 내용이었다. 다른 동료나 스태프들이 우리가 부부 사이라는 걸 다 아는데 각방을 쓰는 것도 웃겼고,

그렇다고 일하러 가서 한방을 쓰는 것도 어쩐지 쑥스러웠다. S와 의논 끝에 제작비 아끼는 차원에서라도 같은 방을 쓰겠다고 말하니 PD님은 이렇게 답했다. "좋은 방 달라고 할게요!" 아, 제발 그러지 말아주세요…….

'CC'는 나에게 'Company Coworker(회사 동료)'이자 'Company Couple(사내 연인)'이자 'Chaos Creators(혼돈 창작자들)'이다. 그 세 가지를 넘나들어보니 알겠다. 누가 뭐래도 남에게 피해 끼치지 않는 선에서라면 마음 가는 대로 하면 된다는 걸. 사랑은 사내외를 가리지 않으니까. 각자 일은 열심히 했으므로 고과는 잘 나왔다. 그리고 S와 함께 일하며 사는 지금, 월급도 나름 두 배다.

사랑도 회사도,
나의 반쪽은 나에게 있다

"난 언제든 너와 헤어질 수 있다고 생각해."

S는 나와 연애할 때부터 이렇게 말했다. 처음 들었을 땐 동공에 지진이 일었다. '이거 지금 나랑 헤어지자는 뜻? 지가 뭔데 나랑 헤어진다 만다야…… 쿨병 말기야 뭐야. 어디 한번 제대로 절절매게 해줘?' 마치 관계의 주도권을 쥐고 있다는 듯 쉽게 이별을 입에 담는 그가 황당했다. 순식간에 울분이 차오르는 내 눈을 본 S가 황급히 덧붙였다.

"지금이 마지막일 수도 있는 거니까, 매 순간 최선을 다하겠다는 말이야."

아니 그래도 정도가 있는 거 아냐? 내가 아무리 투덜거려도 그는 이 생각을 취소할 수 없다고 선을 그었다. 아무리 오랜 시간을 함께하고, 몸과 마음이 찰싹 붙었다고 느껴진대도, 우리 사이엔 그가 그은 선이 있던 거였다! 이럴 수가. 나는 힘없이 선 바깥으로 밀려난 채, 단호히 말하는 그를 멍하게 바라봤다.

그는 이전의 연애에서는 이러지 않았다고 했다. 오히려 대부분이 그러듯 헤어질 수 없다고 생각했다고. 그러다 보니 어느샌가부터 좋아해서 하는 행동보다는 헤어지지 않기 위해 하는 행동이 더 많아졌다고 했다. 싸우지 않기 위해 눈치를 보다 보니 마음을 온전히 드러내지 못했고, 결과적으로는 건강한 관계를 만들지 못했다고. 마음을 숨기다 보면 사랑을 건넬 수도 없게 되니까.

나도 오기로 외쳤다. 그래, 앞으로 남은 인생이 더 기니까 우리가 헤어질 수도 있겠지! 그런데 말해놓고 보니 정말 사실이 그랬다. 세상에 영원한 건 없고, 우리가 세기의 사랑을 하는 것도 아니고(세기의 커플이라고 칭송받는 연예인들도 이혼하는 판국이다), 자의로든 타의로든 피치 못할 사고로든 우리는 헤어질 수 있는 거였다. 그리고 '헤어질 수 있다'는 말과 '헤어지자'는 말은 분명 달랐다. 전자는 헤어지자는 말의 무게를 알고 있기에 그 무거움을 잊지 않으려고 스스로 되뇌는 것이었다. 도처에 널린 이별의 가능성을 못 본 척하려고 애쓰지 않고, 꼼꼼하게 살펴본 뒤 피하는 일에 가까웠다.

그동안 나는 헤어지기 싫어서 노력하는 연애를 해왔다. 싸움의 빌미가 되는, 지뢰처럼 터질 것 같은 부정적인 감정은 꼭꼭 묻어두려 했다. 기쁨은 나누면 두 배가 되고 슬픔은 나누면 반이 된다는 말을 믿지 않았다. 슬픔은 나누면 슬픈 사람이 두 명이 될 테고, 약점처럼 넘겨준 슬픔은 언젠가는 칼이 되어 다시 돌아올 거라 생각했다. 웬만한 일에는 화를 내지 않으려고 애썼다. 사람은 변하지 않는다는데 싸워서 뭐 하겠느냐는 생각도 들었고, 쉽게 화를 내서 관계를 망치고 싶지도 않았다. 그렇게 애쓰다 보니 어느 순간 마음이 남아나질 않았다. 남에게 줄 마음도, 스스로를 보살필 마음도.

언제든 헤어질 수 있다고 생각하는 S와 만난 뒤로, 나는 참 많이 싸웠고 싸우고 있다. 싸우면 헤어지게 될까 감정을 억누르던 나는 이제 없다. 우리의 싸움은 목적도, 끝도 아니기 때문이다. 우리는 헤어지려고 싸우는 게 아니라, 헤어질 수 있기 때문에 싸운다. 기쁨도 슬픔도 그 밑바닥에 눌어붙은 감정도 싹싹 긁어모아 털어놓는다. 지금이 마지막이라고 생각하면, 하지 못해서 아쉬울 말이 더 많을 것 같으니까. 우리는 화해하기 위해 싸우고, 화해할 수 있다고 믿기에 싸운다.

물론 싸울 일이 일어나지 않으면 좋겠지만, 현실적으로 그리긴 힘들다. 연인도 결국 타인이고, 필연적으로 맞지 않은 부분이 있을 수밖에 없다. 서로 솔직히 드러내고 받아들이려고 하는 과정에서 종종 다툼이 발생한다. 그 과정에 서로 익숙해져야 싸움에도 보다 능숙해진다. 싸움의 횟수도 적어지고, 싸운다 하더라도 정말로 돌이킬 수 없는 감정의 골까지는 파지 않을 수 있다. 마치 오랫동안 합을 맞춰온 스파링 파트너처럼.

친구에게 좀 참아보라는 말을 들은 적도 있다. 서로 양보하면 되는 걸 굳이 싸운다고. 그 말도 맞지만, '싸우지 않는 커플'이라는 환상에 젖어 있던 과거의 나보다는 지금의 내가 더 좋다. 행복해지기 위해 싸울 줄 아는 사람이 된 내가. 무슨 말을 해도 받아줄 거라 믿고 감정을 토로하는 나는 상대방을 좀 더 믿고 사랑할 줄 아는 사람이 된 것 같다. 애초에 둘이 만난 관계인데, 혼자 감정을 삭이는 것도 말이 되지 않는다. 그리고 싸우다 보면 알게 된다. 혼자서도 행복할 수 있어야 둘이 행복할 수 있다.

흔히 연인을 가리켜 '나의 반쪽'이라 부른다. 사랑은 내 반쪽을 찾는 일이라고 한다. 영화 〈헤드윅〉에 나오는 「사랑의 기원The Origin of Love」처럼 말이다. 플라톤의 『향연』에 나오는 아리스토파네스의 신화에서 영감을 받은 이 이야기는, 태초의 인류가 두 사람이 등을 붙인 형태였다는 것으로 시작한다. 여덟 개의 팔다리와 두 개의 얼굴을 가진 모습의 인간은 주변의 모든 것을 볼 수 있었고 말하면서 동시에 읽을 수 있었지만, 사랑에 대해서는 몰랐다. 그들의 강력한 힘이 두려워진 신들이 인간을 반으로 갈라놓자, 인간은 자신의 반쪽을 찾기 시작했다. 자신의 결핍을 채움으로써 태초의 온전한 하나로 돌아가고자 하는 외로운 두발짐승의 노력이 바로 '사랑'이라는 것이다.

외로운 사람이 둘 있으면 서로의 결핍이 채워질까? 더 외로워지지 않을까? 물론 연인이 있으면 게임 속에서 효과 좋은 버프 아이템을 장착했을 때처럼 부정적인 감정이 더 빨리 나아질 수는 있겠지만……. 제 몫의 외로움은 결국 스스로 해결해야 할 문제다.

나는 S를 내 반쪽이라 생각하지 않는다. S가 그은 선은 그가 나에게서 떨어져나간 흉터 같은 게 아니다. 우린 그저 다른 사람과 사람이고, 가장 가까운 곳에서 서로를 들여다보려 노력할 수 있을 뿐이다. 애초에 나는 반쪽이 떨어져나가 외로운 나머지 반절이 아닌, 온전한 하나니까. 내가 반쪽을 찾는 일이 생긴다면, 그건 잃어버린 줄 알고 내 안에 묻어두었던 조각일 테다.

회사와 나의 관계도 연인 사이와 비슷하다. 처음엔 내가 매달려서 만났고, 그래 놓고선 이제는 지겹다고 징징거리는 오래된 연인과 다르지 않다. 생각해보면 좋을 때도 있지만 그만큼 끔찍할 때도 있는. 헤어지고 싶지만 달리 끌리는 대안은 없고, 솔로로 남자니 그럴 용기도 없는. 헤어지자는 말이 시시때때로 목구멍까지 치솟는. 그때마다 나는 S의 말을 떠올린다. "난 언제든 너와 헤어질 수 있다고 생각해." 이 말은 이렇게도 바뀐다. "난 언제든 퇴사할 수 있다고 생각해."

꼭 회사에 다녀야만 내가 완전하다고 믿지 않게 된 후론 회사를 대하는 마음을 다잡을 수 있게 되었다. 회사와 나는 종속 관계가 아니다. 주인 의식을 가지는 것은 좋지만 회사가 나의 전부가 되면 자신을 잃게 되고, 스스로를 부품으로 인식하는 노예근성은 더더욱 답이 될 수 없다. 당장의 위기는 헤쳐나갈 수 있어도, 근본적으로는 아무것도 나아지지 않기 때문이다. 마치 서로 얽매인 채 눈치를 보는 연인처럼. 그러니 나는 회사와의 관계를 오래 이어나가기 위해 나 그리고 회사가 도움을 주고받는 관계라고 믿는다. 내가 있어야 회사도 있다고, 나라도 그렇게 생각하기로 했다.

연애한 지 5년이 넘었고 이제 결혼까지 했는데도, S의 태도는 변함없다.

"난 언제든 너와 이혼할 수 있다고 생각해."

문장은 한층 더 살벌해졌지만(이제 헤어지려면 법적 공방을 불사해야 한다), 전처럼 속이 상하거나 황당하진 않다. 그저 최선을 다하고 싶다는 S의 다짐이 느껴질 뿐. 그래, 우리 어디 한번 해보자.

퇴근 후에도
삶은 계속됩니다

낮에는 광고회사를 다니고
밤에는 글을 씁니다

영화 〈틱, 틱... 붐!〉에는 이런 대사가 나온다.

"어느 정도 나이가 차면 더 이상 서빙하는 작가가 아니라 글 쓰는 게 취미인 웨이터가 되는 거야."

5년째 뉴욕 소호의 식당에서 웨이터로 일하며 글을 쓰는 뮤지컬 작가 조너선 라슨의 말이다. 그와 나의 상황은 다르지만, 저 말은 이상할 정도로 내 마음을 후려쳤다. 나 역시 어느샌가 내가 원하지 않는 모습을 하고 있을까봐 그랬다. 나는 회사 다니는 작가일까, 글 쓰는 직장인일까. 제한 시간 내에 답해야 하는 밸런스 게임이라면 바로 탈락이다.

직장인으로서만 살다가 뒤늦게 작가가 돼서 그렇다. 직장인이든 작가든 어차피 김혜경이니까 그냥 둘 다 열심히 하면서 살면 되는 거 아닌가 싶지만, 그 두 개의 성격이 너무 다른 게 문제다. 광고회사에 다니는 직장인과 에세이를 쓰는 작가. 직장인인 나는 광고주의 일을 대행하는 사람이고, 작가인 나는 누구도 대신할 수 없는 스스로의 생각을 글로 써내는 사람이다.

하는 일의 성격에 따라 내 성격도 달라진다. MBTI 결과도 다르게 나올 것 같다. 직장인 김혜경은 외향적이고 계획적인 ENTJ, 작가 김혜경은 내향적이고 유연한 INTP(그 와중에 NT는 김혜경의 바뀌지 않는 기둥 같은 것이다). 직장인으로서의 내가 사람들과 무난하게 잘 지내기 위해 대화를 주도하거나 많이 웃으려고 노력한다면, 작가로서 나는 말 그대로 '작가'처럼 보이고 싶어서 진지하고 좀 새침한 척한다. 작가들은 비판적인 관점이 뚜렷할 것 같고 줏대도 있고 친한 사람들과 있을 때가 아니면 잘 웃지도 않을 것 같은데, 회사 생활을 그렇게 하다가는 정 없고 눈치도 없는 사람 취급받기 마련이다.

혼자 유난을 떠는 게 아니다. 사람들도 나를 달리 대한다. 직장인인 나는 누가 봐도 을이고, 작가인 나는 계약서에나마 갑이라고 명시되어 있다. 직장인인 나는 거절할 수 없는 요구를 받고, 작가인 나는 거절할 수 있는 부탁을 받는다. 직장인인 나에게는 해야 할 일을 하라는 식이면서, 작가인 나에게는 하고 싶으면 하라는 식이다.

쓰다 보니 직업에 대한 편견이 엄청난 것 같지만, 회사에서 만난 직장 동료들과 작가인 친구들만 봐도 그들 사이에 좁힐 수 없는 간격이 있다는 게 느껴진다. 정해진 일과에 맞춰 사는 직장인과 스스로 규칙을 정해 살아가는 작가의 라이프스타일은 다를 수밖에 없다.

무 자르듯 깔끔하게 나눌 수 있다면 얼마나 좋을까. 나는 하필 무가 아닌 인간이다. 무는 만들고 싶은 요리에 따라 잘라서 쓰면 된다. 반으로 잘라서 하나는 무조림을, 다른 하나는 깍두기를 만들고, 그러다 남으면 소고기뭇국도 끓일 수 있다. 그런데 나는 그렇게 되지 않는다.

물론 긍정적인 결과를 내는 경우도 많다. 새로운 광고 아이디어를 고민할 때나 하다못해 메일을 쓸 때, 작가 김혜경은 직장인 김혜경에게 훈수를 둔다.

작가 김혜경: (소파에 드러눕다시피 허리를 젖힌, 굉장히 자유로워 보이는 자세로 앉아 있다. 어쩐지 거드름을 피우는 느낌에다 새침한 말투다.) 혜경아, 너 그냥 직장인 아니잖아. 작가잖아. 쪽팔리게 남들처럼, 평범한 직장인처럼 일할 거야? 자존심이 있으면 조금이나마 더 잘해봐야지.

직장인 김혜경이 작가 김혜경에게 매섭게 지적할 때도 있다.

직장인 김혜경: (냉철한 표정을 짓고서 허먼 밀러 의자에 허

리를 딱 붙인 채 앉아 있다. 어쩐지 재수 없는 느낌의 말투다.)

혜경아, 너 작가이기만 하니? 직장인이잖아. 마감이 장난이니? 약속이 장난이야? 일을 아무리 잘해도 일정에 맞추지 않으면 다 소용없는 거 알지?

직장인 김혜경과 작가 김혜경은 서로를 혼내고 자극하며 각자의 자리에서 최선을 다하도록 만든다. 근데 생각해보니까 결국 혼나고 열심히 해야 하는 것도 나잖아. 결과가 조금 나아지기야 하겠지만, 짜증이 나는 건 어쩔 수 없다.

게다가 현실은 이처럼 이상적이지도 않으므로 회사에서 구구절절하게 사과 및 변명의 메일을 쓸 때마다 내가 이러려고 작가를 하나 자괴감이 들기도 하고, 사회적인 웃음을 만면에 띠고 고개를 주억거릴 때마다 내가 이래서 직장인이구나 현타가 오기도 한다. 특히 광고주의 의사와는 다른 방향으로 광고를 만들겠다며 고집을 부리다 보면 '광고해야지 예술하냐'는 빈정거림이 오가기도 하는데, 심지어 그런 말을 듣는 게 아니라 누군가에게 해야 하는 입장이라면 작가 김혜경은 속에서 비명을 지른다. 혜경아, 다른 누구도 아닌 네가 그렇게 말하면 안 되지!

매번 다른 장르의 노래를 소화해야 하는 가수가 된 것만 같다. 랩을 하면서 발라드도 부르는 정도가 아니라, 힙합을 하면서 국악도 하는 그런 느낌이다. 각 장르에 충분한 시간을 들일 수 있다면, 둘 다 잘해낼 수도 있겠지. 그런데 대부분의 시간을 힙합에 써온 래퍼한테 갑자기 이번 콘서트는 국악으로 하자고 하면? 그게 되겠냐는 겁니다…….

몸을 쓰는 건 직장인이고, 마음이 쓰이는 건 작가입니다. 그렇게라도 반으로 나누면 안 될까요? 당연히 안 된다. 냉정하게 비중을 따지자면, 어쩔 수 없이 작가가 열세다. 일단 먹고 살아야 글도 쓸 수 있고, 지금 나의 생활 패턴은 안정적인 월급에 철저히 맞춰져 있으니까. 그러다 보니 스스로를 작가라고 생각하는 것부터 어색하다. 작가라니, 내가 작가라니. 셰익스피어도 작가고, 이상도 작가고, 김영하도 작가고, 정세랑도 작가인데, 나도 (별로 유명하지도 않은) 책 두 권을 냈다는 이유만으로 작가라고 불리다니. 그런 송구스러움과 부담감이 나를 짓누른다.

애초에 작가란 게 뭔데? 표준국어대사전에서 '작가'라는 단어를 찾아보면 이렇게 나온다. '문학작품, 사진, 그림, 조각 따위의 예술품을 창작하는 사람.' '따위'라는 단어를 보니 마음이 좀 편해진다. 애초에 전제부터가 글러 먹었는지도 모른다. 내 생각에 작가란 건 멋있지만, 작가인 나는 그닥 멋있지 않으니까. 따지고 보면 직장인도 마찬가지다. 스티브 잡스도, 이건희도, 정주영도 한때 직장인이었는데 나 역시 직장인인 거니까. 물론 직장인의 경우에는 사전까지 뒤져보지 않아도 직장인 '따위'의 사람들이 널려 있지만요.

존경하는 B 작가님과 처음 술자리를 가진 날이었다. B 작가님은 나처럼 회사에 다니면서 글을 쓰는데, 나와는 달리 몇 권의 베스트셀러를 출간한 전적이 있다. 직장인인 것과는 별개로, 아무튼 누가 어떻게 봐도 작가인 사람이다. 그런 그가 말했다.

"저도 아직 작가라고 불리는 게 어색해요."

뒷말이 들리지 않을 정도로 혼란스럽고 충격적이었다. 아니, B 작가님마저 그렇게 생각하신다면 저는 대체 언제쯤 작가라는 말에 익숙해질 수 있는 거죠? 동시에 한결 후련해졌다. 대부분의 시간을 직장에 쏟는 직장인이라면 누구나 어쩔 수 없이 '작가다움'에 대해 소심해질 수밖에 없는 것이구나. 설령 베스트셀러 작가라고 할지라도.

이문재 시인은 이렇게 썼다. "퇴근하면 모자를 쓰자." 잡지사 기자로 일하며 시집을 펴낸 그는 낮에는 기사를 쓰고 밤에는 시를 쓰겠다고 결심했지만, 뜻대로 되지 않았다고 한다. 그래서 그는 퇴근하면 모자를 쓰고 "나는 이제부터 월급쟁이가 아니"라고 중얼거렸다. 모자를 써야 그때부터 시인이 될 수 있었다고. 역시! 나만 그런 게 아니었다. 시인도 직장을 다니면 직장인이 되는 거였다. 생각해보면 당연한 일이다. 시인이라고 어떻게 24시간 시만 생각하겠어(그런 사람이 있을 수도 있겠지만……)?

시를 다루는 팟캐스트를 하기에 시인들을 만날 일이 종종 생긴다. 자신을 시인이라 하지 않고 '시를 쓰는 ○○○'이라고 소개하는 사람이 대부분이었다. 처음에는 시인이란 단어를 풀어서 말하는 줄 알았다. 그런데 이야기를 나누고 그를 알아갈수록 시인이라는 명사 하나로 그 사람의 모두를 정의하는 것이 부족하게 느껴졌다. 시를 쓰고 있거나 시를 생각할 때는 분명 시인이겠지만, 고작 단어 하나로 그 사람의 전부를 대변할 수는 없었다. 내가 직장을 다닌다고 해서 직장인으로만 존재하지 않듯이, 시를 쓰지 않을 때의 그는 또 다른 사람일 테니까. 집합 개념으로 본다면 사람 안에 특정 직업을 가진 자아가 있는 것이라고 할 수 있겠다. 그리고 나는 요즘 스스로를 이렇게 소개한다.

"안녕하세요, 저는 김혜경입니다. 낮에는 광고회사를 다니고 밤에는 글을 씁니다. 낮밤 없이 살 때도 있습니다."

회사 다니는 작가인지, 글 쓰는 직장인인지. 살다 보면 내가 무엇을 더 원하는지 또 궁금해질 날이 오겠지만, 그 답을 지금 당장 내리지는 않기로 했다. 내가 앞두고 있는 밸런스 게임은 그게 아니다. 양 끝에 각각 직장인과 작가라는 자아의 추를 매단 채 끝없이 기우뚱거리는 저울처럼 살고 있을지라도, 그 중심은 어쨌거나 나라는 걸 명확히 아는 것. 그렇게 중심을 잡는 게 내가 해야 할 밸런스 게임이다. 나는 직장인이거나 작가

이기 전에, 뭔가를 하는 김혜경일 테니까. 직장인이나 작가라는 명사로 규정되지 않는, 끊임없이 바뀌는 동사의 삶을 살고 싶다. 어떤 문장이 되든 주어는 나일 테니.

생리를 앞둔
아이 없는 삼십대 기혼 여성입니다만

　　팬티가 축축한 지 이틀째다. 생리주기 앱에 들어갔더니 아니나 다를까 '생리가 오늘 시작될 수도 있습니다'라는 문구가 떠 있다. 찝찝하기도 하고 모르는 사이에 생리혈이 나올까봐 걱정스럽기도 하지만, 팬티 라이너는 사용하지 않는다. 화학물질 때문에 생리통이 심해질 수 있다는 뉴스를 보고 난 뒤부터다.

　　다년간 나의 생리 데이터를 입력해둔 앱에 따르면, 생리는 오늘 시작될 수도 내일 시작될 수도 있다. 오늘내일이 아니어도 어찌 됐든 수일 내로 시작될 것이기에 탐폰과 중형 생리대를 챙긴다. '시작될 수도 있습니다'라는 문장이 얄밉다. 그 정돈 나도 본능적으로 알거든? 그래도 조금이나마 확신을 주는 앱이 있어서 다행이다. 바깥에서 볼썽사납게 피 흘릴 일을 미연에 방지할 수 있으니까. 여성이 생리를 하는 건 대체로 당연한 일이지만 생리하는 걸 보이는 건 여성스럽지 못한 일로 여겨진다. 시시때때로 '여자다움'의 수치를 재는 사회에서 살아가는 입장으로서, 의도치 않게 그 저울 위에 올려지는 건 사양이다.

처음 생리를 했던 건 초등학교 3학년 무렵이었다. 내 친구들 대부분이 초등학교 고학년이나 중학교 때 생리를 시작했으니, 나는 생리로 인한 고통의 세월을 인생에서 평균적으로 최소 3년 정도는 더 겪으며 살고 있다는 뜻이다. 아이가 생리를 시작하면 진정한 여자가 됐다며 축하 파티를 벌이는 집도 있다고 한다. 피를 흘리며 아기를 가질 수 있는 몸이라는 걸 증명해야 비로소 여자임을 인정받을 수 있는 건 좀 원시적이고 이상하다고 생각하지만, 그래도 나에게 벌어진 일과 비교하면 생리 축하 파티 정도는 멋진 축에 속한다.

내 기억 속의 첫 생리는 기쁨과 수줍음보다는, 화장실에 갔는데 팬티에 대뜸 묻어 있던 거무스름한 흔적과 그것을 바라보던 나의 당혹감으로 남아 있다. 다리 사이로 피가 흘렀다거나 한눈에 알아볼 수 있는 새빨간 흔적이었다면 눈치챘을 텐데, 초경은 검은색이나 갈색 피가 나올 수도 있다는 걸 알 턱이 없었을 나이였다. 이 불안한 색깔은 대체 뭐지? 나도 모르게 똥을 지렸나? 그 가설을 뒷받침하듯 배까지 살살 아팠다.

나는 이 치욕스러운 사태를 어떻게 새엄마에게 설명해야 할지 고민하며 한참을 화장실에 앉아 있었다. 마침내 물 위로 피가 뚝뚝 떨어질 때까지.

　나는 새엄마와 같은 '어른 여성'의 테두리 안에 들어간 기분이 들어서 조금 우쭐해졌고 그녀와 좀 더 친밀해졌다는 착각까지 들었는데, 쓸데없이 벅차오르는 그 이상한 감정을 참지 못하고 '내가 똥을 지린 줄 알았는데 생리여서 다행이었다'라는 은밀한 비밀을 그녀에게 말해버리고 말았다. 새엄마는 그걸 또 온 가족(나 말고는 아빠와 오빠, 둘 다 남자인데!)에게 술술 불었다. 생리에 관한 건 여자들끼리의 비밀 얘기 같은 건 줄 알았는데! 부끄럽고 원망스러웠고 마음이 지끈거렸다. 마음에서도 피가 흐르는 것 같았다. 그게 나의 첫 생리통이었다.

　생리를 시작한 후로 한 달에 일주일은 제대로 잘 수 없었다. 생리 양이 어마어마했고, 밤마다 시트에 피를 흘리지 않기 위해 신경을 곤두세워야 했다. 생리를 하고 나서야 신체의 70퍼센트가 수분이라는 말을 체감했다고 할 수 있을 정도로 많은 피가 나왔다. 제일 큰 사이즈의 생리대를 붙이고 자도, 일어나면 침대가 생리혈로 얼룩져 있던 게 허다했다. 생리주기를 제때 확인하지 못해 자는 도중 시작돼버리는 경우는 어쩔 수 없다 치더라도, 생리대를 하고 잤는데도 시트에 피가 묻어 있을 때는 정말 억울했다. 생리 양이 많은데 잠버릇도 좋지 않은 걸 어쩌겠냐마는, 어찌 되었거나 시트를 한 번 더 세탁하게 만드는 원인 제공자가 되었으므로 입이 열 개라도 할 말이 없었다. 여자애가 깔끔하지 못하다느니 조심성이 없다느니 혼쭐이 났고, 핏자국은 찬물에 빨아야 지워진다며 얼음장 같은 물로 손빨래를 해야 했다. 다음 달에는 절대 혼나지 않겠노라고 벼르고 벼르다가, 팬티에 빈틈이 없도록 생리대 여러 개를 촘촘하게 붙이고 자기에 이르렀다. 일종의 자체 제작 '생리대 팬티'였다. 네댓 개 정도의 생리대를 엉덩이 부분에 덕지덕지 붙이고 나서야 마음 편히 잠들 수 있었다. 아침이면 엉덩이가 습해서 짓무를 정도였지만, 피가 새는 것보단 나았다.

나는 아직도 생리를 하고 있으며 앞으로도 할 것이다. 한 달에 일주일, 365일의 4분의 1 정도는 피를 흘리고 또 흐르는 피를 막으며 보내는 인생이다. 나머지 4분의 3은 멀쩡하지 않냐고? 그 기간은 생리전증후군에 시달리거나 생리가 대체 언제 시작될지 전전긍긍하며 보낸다. 너무나 불편한 삶이다. 뱀파이어물이나 좀비물 같은 판타지 장르 속에서 살고 있었다면 목숨을 부지하기도 힘들었을 텐데 그나마 살아 있는 게 다행인 건지.

그렇게 많은 시간을 생리에 시달리는데도, '생리'라는 단어를 쉽게 말할 수도 없다. 마치 해리 포터 세계의 볼드모트라도 되는 것처럼, 다들 입 밖으로 꺼내면 큰일 날 것같이 군다. 적당히 배가 아프다거나 몸이 안 좋다고 하거나, '그 기간'이라고 에둘러 말하는 정도다. '마법에 걸렸다'는 표현도 많이들

쓰곤 하는데, 이 말을 들을 때마다 흑화된 마법의 성에서 비운의 공주를 맞이하는 느낌이 든다. 아빠는 나와 생리에 대해서 이야기를 나눠야 할 때면 '멘스'란 표현을 썼다. 대체 뭔 말인가 했더니, 생리를 뜻하는 영어 단어인 '멘스트루에이션menstruation'을 줄여 부르는 일종의 의학용어였다. 남자의 몸으로 홀로 딸 키우느라 고생이 많았어요, 아빠.

그놈의 생리, 생리, 생리, 생리!!!

생리를 이야기할 때 나는 '터지다'라는 동사를 많이 쓴다. 시종일관 언제 터질지 모르는 폭탄 같은 불안함, 내 힘으론 도저히 막을 수 없는 거대한 둑이 터지는 것을 바라볼 때와 같은 체념, 잠잠했다가도 언제 그랬냐는 듯 금세 화르르 터져 오르는 활화산처럼 솟구치는 분노와 호르몬이 촉발하는 피 터지는 싸움까지를 포괄한 것 같은 표현이랄까. 거기에는 의외로 기쁨의 폭죽이 터지는 것 같은 감정도 포함돼 있다. 생리는 해도 문제지만 안 하면 더 문제라는 점에서 그렇다.

어릴 때는 침대 시트에 피를 묻히며 살 바엔, 배를 갈라 내장을 들어내는 것 같은 고통을 매달 겪을 바엔 생리를 안 하고 싶었다. 자궁 내막을 두껍게 만들었다가 와르르 쏟아내는 일을 반복하는 건 무의미하게만 느껴졌다. 그러나 임신이 가능할 수도 있는 행위, 그러니까 섹스를 하게 된 이후부터는 생리에 대한 생각이 변했다. 가임기의 헤테로 여성에게 생리란 안 하면 정말 큰일 나는 일이 되어버렸다. 생리의 결과물이 의미 없는 핏물이 아니라 핏덩어리 같은 아이가 될 수도 있었다. 아이를 가질 계획이 머릿속엔 없어도 몸속엔 있다니, 그 간극에서 오는 끔찍함이라니. 생리가 늦어질 때마다 초조했다. 피임을 제대로 했어도 만에 하나, 혹시 모를 확률을 걱정하느라 피가 말라서 생리가 안 나올 지경이었다. 아무런 계획도 없으면서 책임지겠다고 말하는 남자 친구에게 반발심이 치밀었다. 나도 좋아하는 사람이랑 이런 걱정 없이 자유롭게 섹스하고 싶어. 책임지겠다고 말해준 건 고맙지만, 나는 아직 네 애를 책임지고 싶지 않아.

여자인 친구들과 이야기를 나누다 보면 종종 아이 이야기가 나오곤 한다. 구체적인 계획이라기보다 먼 미래를 상상해보자는 식의 가벼운 대화다. 그럴 때마다 나는 줄곧 아이를 낳을 생각이 없다고 분명하게 선을 그었다. 아이는커녕 스스로도 감당하기 힘들었고, '프린세스 메이커'도 망치고 '심즈'도 치트키를 써가며 하는 마당에 진짜 사람을 잘 키울 자신은 더더욱 없었다. 엄마를 가져보지도 못한 내가 제대로 엄마 노릇을 할 수 있겠냐고 자기 비하적인 말도 했다. 하지만 서른이 넘고 결혼도 한 지금은 조금 헷갈린다. 아이를 키우는 일은 게임이 아니고, 엄마 말고도 내가 따라 할 만한 멋진 여성들이 곳곳에 널려 있다는 걸 알게 되었으니까. 무엇보다 나는 내가 여자로서 갖게 된 가능성으로 도달할 수 있는 새로운 미래가 궁금하다.

한번은 친구들과 술을 마시며 이런 이야기도 했다. 서른다섯 살 이후로는 노산이라고 하니, 그 전에 한 서른셋 즈음에 일 년 동안 금주하고 채식해서 몸을 건강하게 만든 다음 난자 동결 보관 시술을 하자고. 아이를 낳고 싶지도 낳기 싫지도 않은데, 선택권을 잃고 싶지 않다는 마음만은 분명했다. 혼자서는 금주하기 외롭고 쓸쓸하니 다 같이 일 년간 힘을 합치자고 말한 그 서른셋이란 나이가 벌써 일 년 뒤로 훌쩍 다가왔다.

남편 S는 아이를 좋아한다. 그는 자연스럽게 아이가 있는 가정을 상상해왔던 사람이다. 문제는 나였다. 아이 이야기가 나오려고 하면 자못 소극적으로 굴거나 아주 먼 미래를 이야기하듯 해맑게 아무 말이나 했다. S는 번번이 "그래도 네 의사가 제일 중요하지"라고 말했지만, 그런 그가 고마우면서도 내가 낳겠다고 할 때까지 기다리겠다고 부담을 주는 건가 의심스러웠다. 결혼한 지 어느덧 3년이 다 되어가는 지금, 그는 이제 아이를 낳지 않아도 된다고 분명하게 말한다. 반려견을 키우며 사는 것도 쉽지 않은데 하물며 아이를 기르는 건 상상이 되지 않는다고, 특히 요즘 같은 험한 세상에 아이를 내놓을 수 없을 것 같다면서. 그 말에 공감하면서도 조금 울컥했다. 마침내 아이를 낳지 않아도 된다고 윗사람에게 허락받은 것 같은,

그가 마치 전통적인 남편의 시답잖은 권위를 누리며 나에게 시혜적인 태도를 보이는 것 같은 그런 불쾌한 느낌 때문에. 물론 그런 의도가 아니었다는 걸 안다. 그럼에도 참지 못하고 소리쳤다. "네가 뭔데 된다, 안 된다, 이래라저래라야?"

물론 S는 너무나 훌륭한 남편이다. 아직 있지도 않은 미래의 아이보다는 나를 더 위해주고, 무엇보다 페미니즘에 대해 열심히 공부하는 남자라는 점에서 계속 함께 미래를 도모할 만하다. 같이 살면서 그와 침대를 공유한 후로 생리 때마다 어쩔 수 없이 스트레스를 받았는데, 그 불편한 마음을 한결 덜어준 것도 S다. 생리컵이나 위생팬티 등 관련 제품이 다양해지면서 실수할 일이 거의 없어졌는데도, 생리를 시작하기만 하면 혹시라도 자는 도중에 생리혈을 흘릴까봐 여전히 잠을 설쳤다. 한번은 자는데 아랫배가 묵직하고 기분이 이상해서 벌떡 일어나 보니 침대 시트 위에 뻘겋게 자국이 나 있었다. 부끄럽고 속상해하는 나에게 S는 '피를 흘리면 어딘가 묻는 게 당연하고, 더럽다고 생각하지도 않고, 빨래하면 되니까 너무 신경 쓰지 말라'고 하며 나를 열심히 달랬다. S는 내가 생리통에 시달리다가 이딴 쓸모도 없는 자궁 없어졌으면 좋겠다고 말하면 대뜸 '자궁子宮'이 아니라 '포궁胞宮'이라고 답하는 사람이기도 하다(자궁이라는 단어는 '아들 자'를 썼기 때문에 남아선호사상이 묻어 있는 말이라고 한다. 대신에 '세포 포'를 쓰는 포궁이란 단어를 써야 한다고). 나는 한때 나를 길렀던 새엄마보다 포궁도 없는 남자에게서 많은 것을 배운다. 그런 그와 있으면 아이를 낳는 것도 함께해볼 만한 일이라는 생각이 든다.

　언젠가부터는 회사에서도 아이 이야기가 잦아졌다. 특히 가볍게 신변에 대한 이야기가 오가는 회식 자리에서 그렇다. 명절에도 안 꺼낸다는 아이 이야기가 나오는 이유의 반은 순수한 호기심이고 반은 앞으로의 일에 지장이 없을지에 대한 의문이다. 아이를 기르는 여자 선배들은 하나같이 아이를 가질 거면 차라리 하루라도 빨리 가지는 게 낫다고 조언했다. 나처럼 동력이 좋은 사람이 아이를 낳아야 한다고도 말했다. 정확히 무슨 뜻인진 모르겠지만 '동력이 좋은 사람'이란 말이 주는 느낌이 좋아 아이를 낳고 싶어지기도 했다. 애초에 육아와 일을 문제없이(물론 내 눈에 보이지 않는 문제가 그들에게 있을 수 있다) 병행하는 그녀들의 존재 자체가 아이를 낳아도 된다는 증명처럼 느껴졌다. 그렇지만 세상에는 '쉬고 싶으면 이제 육아휴직밖에 답이 없다'고, 애를 낳는 게 애국이라고, 나라에 보탬이 되고 나서는 일 년 만에 훌쩍 회복해 다시 일을 하면 된다고, 그럼에도 애는 엄마가 돌봐야 한다고 말하는 사람도 있다. 아이를 낳고 기르는 건 쉬는 게 아닌 데다 도대체 여자는 왜 그렇게 책임져야 할 일이 많은지도 모르겠다. 그런 말을 들으면 아이 낳기가 두렵다.

이제 내 마음이 어떤지 나도 잘 모르겠다. 현재로서는 넷플릭스 드라마 〈애나 만들기〉에 등장하는 기자 켄트(애나 클럼스키)가 초음파로 처음 아이를 확인할 때의 모습으로 대변할 수 있을 것 같다. 그는 보통 그런 장면에서 나오곤 하는, 임신의 기쁨을 나누는 모습과는 사뭇 다른 행동을 보인다. 초음파로 임신했다는 사실을 확인하자마자, 허공을 향해 미친 듯이 욕을 하며 머리를 감싸 쥔다. 그리고 남편에게 외친다. "딸을 가진 기쁨이 커리어의 상실과 내 뇌에 불이 켜지도록 자극하는 일의 상실을 보상해줄 거라고 말하면 진짜 맹세코, 잘 때 당신 질식시켜서 죽여버릴 거야!"

만약 아이를 가지게 된다면 내 삶은 근본적으로 달라질 것이다. 아이를 사랑할 마음도, 새로운 나를 사랑할 마음도 아직은 준비되지 않았다. 야근을 밥 먹듯 하는 광고회사를 전력으로 다닐 수 있을까? 술을 마실 수 없으면 어떡하지? 술에 대한 글도 못 쓰고 술 마시는 팟캐스트도 할 수 없을 텐데? 80억 인구의 한 명일 뿐인 누군가의 엄마라는 새로운 자아가 그 모든 기쁨을 보상해줄 수 있나? 애초에 내가 좋은 엄마가 될 수 있을까? 대단하고 숭고하다고 칭해지는 어머니의 사랑을 고작 내가 흉내라도 낼 수 있을까? 여자아이를 낳게 된다면 적어도 그 애가 처음으로 생리를 했을 때 절대로 비웃지는 않겠지만, 그것 말고 분명한 건 아무것도 없는걸.

그러니까 팬티가 축축해지면, 생리를 하겠다 싶으면 이

모든 복잡한 생각들이 머릿속을 휘저어대기 시작하는 것이다.
아이 없는 삼십대 기혼 여성의 생리란 이 모양이다.

몸도 마음도
강한 여자가 될 거야

주짓수 도장에 다니게 된 후부터 도복을 들고 출근한다. 만에 하나 일찍 퇴근하게 된다면 도장으로 직행하기 위해서. 커다란 스포츠가방을 메는 순간 출근하는 것 같지가 않아서 기분이 좋다. 운동 다니는 것 말고는 일이 없는 한량에 가까워 보이는 것도 마음에 든다. 분명 일하러 가는데도 일하러 가는 것 같지 않다. 회사에 간다기보다 조금 멀리 돌아 도장에 가는 여정을 떠나는 것 같달까. 하루의 최종 목적지가 회사가 아니라 도장인 셈이니까 완전히 틀린 말도 아니다.

주짓수 도장은 휘황찬란한 노래방 간판이 붙어 있는 건물의 3층에 있다. 고소한 냄새를 풍기는 1층의 족발집을 지나고, 왁자지껄한 소음 사이로 새큼한 초장 냄새가 밀려오는 2층의 횟집까지 지나야 다다를 수 있다. 계단을 오를 때마다 배부른 안주가 나오는 술집이 아닌 주짓수 도장을 목적지로 삼은 스스로가 어색하다. 참새가 방앗간을 지나치는 일도 생기는구나. 동시에 만족스럽다. 이전의 나라면 가지 못했을 새로운 층에 오른 사람이 된 것 같아서. 2층과 3층 사이 계단을 올라가는 동안 나는, 참새보다는 좀 더 크고 튼튼한 새로 변신하는 것 같은 기분이다.

　꼭 주짓수여야만 했던 건 아니다. '뭐라도 좋으니 움직이자'는 생각이 일 년에 한 번쯤 들었다. 하루 종일 앉아서 일만 하는 생활을 하다 보면 내장도 근육도 회사라는 틀에 맞춰 서서히 굳어가기 때문이다. 그러니 어쩔 수 없이 직장인다운 해결책을 모색하게 된다. 돈을 쓰자, 돈이 아까워서라도 몸뚱이를 움직이게 만들자! 그런 마음으로 헬스장에서 트레이닝을 받은 적도 있었고, 마음과 관절의 평화를 함께 도모하고자 요가원에 다닌 적도 있었고, 죄수의 건강을 위해 개발됐다는 필라테스를 시도한 적도 있었고, 역시 재미가 최고라며 닌텐도 링피트의 레벨을 올리던 때도 있었다. 사실 뭘 하든 꾸준히 하는 게 제일 중요한 법인데, 그러진 못했다.

　슬슬 뭐라도 시작해봐야겠다는 생각이 들던 때였다. 마침 종종 같이 술을 마시는 친구이자 회사 동료이기도 한 J가 주짓수를 해보고 싶다고 했다. 주짓수? 뭔가 재밌을 것 같은데, 그거 격투기 아냐? J는 이제 미용을 위한 다이어트에는 신물이 났고 영화 〈블랙 위도우〉에 나오는 배우 플로렌스 퓨처럼 보기 좋게 근육이 잡힌 강한 여자가 되고 싶다고 했다. J는 나와 비슷한 구석이 많은 친구다. 나처럼 하체가 상대적으로 더 튼튼한 스타일의 체형이고, 같은 다이어트 한약으로 체중을 감량한 적도 있으며, 술과 안주를 좋아해서 결국 한약값을 말짱 도루묵으로 만들었지만 먹고 마신 일을 후회하진 않는, 공복 달리기는 좀 기분 나쁜 운동이라고 생각하는 사람이다. 그런 J가 한다면 나도 하고 싶었다. 그래, 우리 같이 강해지자!

생각보다 주짓수 도장은 흔했다. 그렇지만 선뜻 어디에 갈지 선택하기는 어려웠다. '여성 회원 환영'이라든가 '다이어트에 탁월'하다는 문구는 어딘가 의심스러웠다. 아무것도 모르는 허약한 여자는 제대로 된 격투기가 아니라 다이어트나 하라며 허접 취급당하는 느낌이랄까. 꼭 그런 의도가 아니라는 걸 아는데도 괜히 그랬다. 나와 J는 일단 가장 가까운 도장에 방문해서 분위기를 파악해보기로 했다. 격투기는 처음이었지만, 새로운 헬스장에 가보는 일과 크게 다를 것 같지 않았다. 내부를 둘러보고, 등록 기간에 따른 가격과 할인 이벤트의 유무를 확인하고, 가능하다면 수업을 잠시 참관해보기도 하고, 이런저런 영업용 멘트들을 걸러 들으면서 이 공간의 파장이 나와 맞는 곳인지 파악하는 일.

도장은 내가 항상 놀고 먹던 거리에 있었다. 늘 지나다니는 곳이었는데도 눈치채지 못했는데, 무려 글자가 움직이는 휘황찬란한 LED 간판까지 달려 있었다. 건물 앞으로 불쑥 튀어나온 그 간판은 현란한 무지갯빛을 내뿜었다. 유흥의 한복판에서도 운동하러 오라고 꿋꿋이 외치는 느낌이 드는 한편, 유흥의 거리와 한 몸이 된 것처럼 보이기도 했다. 도장임을 알리는 평범한 간판과 입간판도 함께 있었는데, 거기에 관장님의 것으로 추정되는 휴대폰 번호가 큼지막하게 박혀 있는 게 인상적이었다. 광고회사에 다니는 입장에서 저곳에 들어갈지 말지 판단해보자면 일단은 합격이었다. 불특정 다수에게 당당하게 전화번호를 공개할 수 있는 정도로 강한 사람이 운영하는 주짓수 도장이라는 느낌이 든다는 점에서다.

"너 저렇게 휴대폰 번호 거리에 깔 수 있어?"

"아니 저건…… 누가 와도 이길 수 있는 사람만 할 수 있는 일인 것 같아."

주짓수 도장의 문을 열자마자, 마음의 준비를 할 틈도 없이 누군가와 곧장 눈이 마주쳤다. 문 뒤에 서 있던 사람과 자연스럽게 마주친 게 아니라, 엉킨 실타래처럼 팔과 다리가 이해할 수 없는 방식으로 얽혀 있는 두 사람 중 바닥에 엎어져 있는 사람과. 당연히 인사를 나눌 사이도 상황도 아니라고 생각해서 재빠르게 무시하려는데, 그분은 몹시 긴박해 보이는 와중에도 망설임 없이 고개를 끄덕여 인사를 건넸다! 혼자였다면 잘못 들어온 척 그대로 뒷걸음질을 쳤을 텐데, J가 뒤에서 얼른 들어가라고 부추기고 있었기 때문에 그대로 신발을 벗고 도장에 입장할 수밖에 없었다. 아마 J가 없었다면 도장에 들어갈 용기를 낼 수 없었을 테다.

현관이라 부를 만한 공간도 마땅치 않아서, 우리는 허겁지겁 신을 벗고 양말 차림으로 매트 위에 올라섰다. 빈틈없이 바닥을 감싼 탄탄한 매트, 어두운 구석 따위는 허용하지 않겠다는 듯이 사방을 밝히는 형광등이 우리를 반겼다. 땀에 젖은 채 벽에 몸을 기댄 사람들과 바닥에서 굴러다니는 사람들이 우리에게 연달아 힘차게 인사를 건넸다. 물리적으로도 심리적으로도 사각지대라고는 없었다.

나와 J는 구르는 사람들을 요리조리 피해서 도장 한편에 놓인 의자에 나란히 앉은 후 눈빛을 교환했다. 자, 과연 이 도장은 어떤 멘트로 우리를 영업할 것인가! 우리는 각자 미지의 공간에 대한 두려움을 극복하기 위해 어느 정도 미리 예습해 온 상태였다. 기초적인 주짓수 용어를 검색해본 것은 물론이고 웹 예능 〈오늘부터 운동뚱〉에서 개그맨 김민경이 주짓수를 배우는 편도 보았으며 도장에서 운영하는 블로그와 인스타그램도 한 차례 훑었다. 주짓수에 대한 쪽지 시험을 본다 해도 기초적인 건 다 맞출 수 있을 정도였다. 대충 알아보고 왔다는 말에 관장님은 고개를 끄덕이더니 말했다.

"주짓수는 넘어져도 계속되는 운동입니다."

아마 유도와의 차이점을 통해 주짓수의 장점을 쉽게 설명해주려는 의도였던 것으로 기억한다. 그런데 보통 아무것도 모르는 초보가 오면 홀릴 법한 현란한 멘트를 치지 않나? 예를 들면 '상대적으로 체급이 낮은 여자도 남자를 제압할 수 있어서 호신술로 제격'이라거나 '몇만 개의 기술이 있어 끝없이 배울 수 있는 운동'이라거나 '드라마 〈마이 네임〉에서 배우 한소희가 사용하는 그 암바를 배울 수 있는 무술' 같은. 하지만 그런 식의 화려한 설명은 없었다. 사람들이 엉킨 채로 끊임없이 굴러다니는 가운데, 관장님은 무덤덤한 얼굴로 더 궁금한 게 있는지 물었을 뿐이었다. 등록 과정에서 사람을 가장 곤란하게 만드는 질문인 비용 문제의 경우, 벽에 대놓고 붙어 있어서 더 물어볼 것도 없었다. 좀 더 큰 금액 결제를 위해 긴 기간의 회원권을 등록하게 만들려고 설득하는 일도 벌어지지 않았다. 무도인들은 원래 이런가? 뭔가를 팔기 위해서라면 살짝 과장부터 하고 보는 광고인인 나로서는 도무지 이해할 수 없었다. 이게 자본주의에 절어 있는 광고 따위와는 다른, 진정한 스포츠 정신이란 건가. 나와 J는 서로를 쳐다보았다. 그리고 스포츠 만화의 한 장면처럼 힘차게 고개를 끄덕였다. '여기다!'

이곳에서라면 우리가 바랐던 대로 강해질 수 있을 것 같았다. 맨발로 땀을 흘리고 있는 사람들의 열기 때문이었는지, 망설임 없이 인사를 건네오는 친절함 때문이었는지, '넘어져도 된다'고 말해주는 다정함 혹은 넘어져 있더라도 '계속된다'는 말에서 느껴지는 꿋꿋함 때문이었는지는 모르겠지만 말이다. 주짓수 기술을 유려하게 해내지는 못하더라도, 모르는 사람에게 거리낌 없이 인사한다거나 넘어지는 것쯤이야 아무렇지도 않다고 말하는 사람이 될 수 있을 것 같았다. 몸도 마음도 강한 여자라니, 정말 멋지잖아?

나와 J는 화끈하게 3개월치 비용을 결제했다. 3개월 등록자에게는 7만 원이나 하는 도복을 무료로 줬는데, 흰색, 검은색, 파란색 중에서 선택할 수 있었다. 우리는 도장보다 도복을 선택하는 데 더 큰 고민에 빠졌다. 흰색은 클래식해서 하나쯤 있어야 할 것 같고 검은색은 무난하게 멋질 것 같고 파란색은 장기적으로 봤을 때 심심하지 않은 포인트 컬러가 되어줄 것 같았다. 고민을 거듭하고 있는데, 벽에 기대어 쉬고 있던 여자가 갑자기 말을 건넸다.

"파란색, 파란색 사세요."

(나는 도장에 들어오자마자 당황했던 것처럼 초면의 누군가가 스스럼없이 건넨 말에 놀랐는데 J는 기다렸다는 듯 답했다.) "파란색이요? 검은색보다 파란색이 나아요?"

"검은 도복에는 먼지가 많이 붙어요."

나란히 파란색 도복을 받겠다고 한 뒤엔 입관 신청서를 작성했다. A4용지에 다섯 칸 정도의 표가 그려져 있고, 기본적인 신상 정보를 적어 넣기만 하면 되는 간단한 신청서였다. 2020년대에 이르러 종이로 된 입관 신청서를 쓴다는 것도, 굉장히 성의 없는 기본적인 표 디자인도 내 기준에서는 뭐랄까 좀…… 무도인스러웠다. 이름, 휴대폰 번호 같은 기본적인 인적 사항을 채워나가는데, 대뜸 혈액형을 적는 칸이 있었다. 관장님과 한마디라도 더 나눠보고 싶어 하던 J가 잽싸게 물었다.

"혈액형은 대체 왜 쓰는 거죠? 수혈을 할 일이 생기나요?"

"성격 참고용입니다."

무도인이란 다 이런 걸까(물론 아니겠지)? 어쨌거나 나로서는 정말이지 이해할 수 없는 세계였다. 내가 있는 곳과 정반대에 있는 듯한 이 세계에서 얼른 땀을 흘려보고 싶었다. 나와 J는 그날 주짓수 등록을 기념하기 위해 냉동 삼겹살에 생맥주를 마시며 새로운 목표를 다졌다. 우리, 도복 색깔 추천해준 여자분이랑 꼭 친해져서 주짓수 끝나고 같이 술 마시러 가자!

아쉽게도 아직까지 그런 일은 일어나지 않았다. 그동안은 코로나19로 인한 영업시간 제한 탓에 주짓수를 하고 나오면 이미 술집들이 문을 닫은 후였기 때문이다. 그리고 그보다는 얼른 퇴근이나 하고 주짓수 도장에 출석부터 하는 게 더 중요한 문제다. 나는 매일 잠들기 전, 학교 가방을 싸듯 커다란 나이키 스포츠가방에 세탁한 도복과 스포츠 이너 웨어를 미리 넣어두며 다짐한다. 회사에서 일하다가 넘어진 기분이 들었더라도, 주짓수 도장에 가서 맨발로 다시 일어서는 법을 연습하겠다고. 그러니 오늘도 제발 퇴근하고 도장에 갈 수 있기를.

쓰러져도 괜찮은 주짓떼라-이프

넘어져도 계속된다

초보 티가 완연하게 나는 새파랗고 빳빳한 도복을 입고 주짓수 도장에 간 첫날이었다. '넘어져도 계속되는 운동'이라 더니, 말 그대로 넘어지는 것부터 시작했다. 상대방 도복의 깃을 잡고 바닥에 엉덩이부터 기울이며 쓰러지는 동작이었다. 별 기술이랄 것도 없어 보였는데, 막상 따라 하려니 무서워서 손에 땀이 났다. 평생을 넘어지지 않으려고 애쓰기만 해왔지, 부러 넘어지려고 했던 적이 없어서였다. 다칠 것 같기도, 벌러 덩 엎어지는 우스운 모양새가 될 것 같기도 했다. 도장 안의 사람들이 '넘어지다'라는 동사의 의미가 무색할 정도로 유려하게 몸을 굴리는 와중, 나는 소심하게 엉거주춤 몸을 바닥에 가져다 대기만을 반복했다.

바닥을 몇 번 뒹굴고 나서야 시늉만 하는 게 아니라 제대로 넘어질 수 있게 됐다. 생각보다 아프지 않다는 것도, 익숙하지 않은 동작은 어색할 수밖에 없다는 것도 실감했다. 이제는 넘어지는 것쯤이야 무섭지도 않다. 중요한 건 넘어진 다음인데, 넋을 빼놓고 있다간 넘어진 사람으로 끝날 뿐이다. 팔과 다리의 방향을 조절해 스스로에게 최대한 피해가 가지 않도록 하고, 그런 뒤엔 나를 향해 달려드는 상대방을 방어하기 위해 잽싸게 다음 동작을 취해야 한다.

넘어져도 계속된다는 걸 넘어지고 나서야 알게 되는 것은 어쩌면 당연한 일이지. 주짓수 도장 바깥에서의 내 삶도 그럴 것이다.

뒤구르기에 성공했다

성인이 되고 나서는 처음으로 앞구르기를 했다. 광고주의 지시에 따라 이리 구르고 저리 구르는 광고회사에서도, 앞구르기만큼은 할 일이 없었다. 목을 살짝 옆으로 꺾고, 어깨로 넘어간다는 느낌으로 힘차게 앞을 향해 데굴! 학창 시절 모래먼지 쌓인 매트 위에서 수십 번 굴렀던 기억이 스멀스멀 떠올랐다. 뒤구르기만큼은 무서워서 시도도 못 해본 탓에 결국 수행평가에서 최저점을 받았던 것도. 나 자신에게 실망했지만, 그렇게 뒤로 구르다간 목이라도 부러질 것 같은데 그럼 어떡해요.

그랬던 내가, 바야흐로 수행평가 따위 하지 않아도 되는 성인이 되었는데도, 앞구르기에 이어 뒤구르기까지 도전했다. 도장에 있는 다른 사람들이 자세를 하나하나 설명해준 덕이다. 무릎을 안고 동그랗게 몸을 말아 앉은 다음, 다리를 대각선 뒤쪽으로 힘차게 넘기며 발차기! 멋있게 구르지는 않아도 얼추 기우뚱 넘어간다. 이것도 연습하다 보면 언젠간 다른 사람들처럼 잘되겠지. 구르는 것만으로도 일단 최저점은 면했으니까.

앞으로 구르고 뒤로 구르고……. 세상이 팽글팽글 돌아가는 걸 몸으로 온전히 감당해내는 느낌이 좋다. 회사에서 진흙탕 위를 구르듯 일하는 것보단, 내 돈 내고 매트 위에서 안전하게 구르는 게 더 낫기도 하고.

선주후주

주짓수를 함께 시작한 J와 '선주후주'를 외친다. 주짓수를 한 뒤 술집에서 술을 마시자는 뜻이다. 온몸이 땀으로 푹 젖은 우리는 본능적으로 어디에 가야 할지 알았다. 바로 동네 호프집이다. 서핑 같은 수상스포츠 후엔 (물을 이미 많이 먹었기 때문에) 향긋한 수제 맥주가 더 당긴다면, 주짓수 후엔 평소에는 밍밍하다고 생각했던 국산 맥주가 간절해진다. 그렇지 않아도 피곤한데 미각을 곤두세울 일 없이 편안할 정도로만 은은하게 구수한, 그러면서도 찌릿찌릿한 탄산으로 갈증을 한방에 해결해줄 국산 맥주, 그중에서도 특히 호프집에서 파는 국산 생맥주가!

　요즘 호프집들에서는 맥주를 더 차갑게 마실 수 있도록 잔을 미리 냉동고에 얼려둔다. 손잡이를 쥐면 손가락이 시릴 정도로 차가운 맥주잔의 온도로 인해 입안이 바싹바싹 마른다. 목이 타는데도 물을 마시지 않고 맥주를 기다린 보람이 있다. 주짓수의 열기로 달아올라 있던 입술이 곧장 얼어붙을 정도로 차가운 맥주잔에 닿으니 맥주를 머금기도 전에 웃음이 나왔다. 이거다, 이거야. 어디 한번 땀으로 젖은 머리가 마를 때까지 맥주로 속을 시원하게 적셔보자.

　행복한 얼굴로 J와 마주 웃는데 기계에 적힌 맥주 브랜드의 슬로건이 눈에 들어왔다. '살아 있는 이 순간!' 정말이지 절묘했다. 격한 운동 직후라 여전히 허벅지 근육이 펄떡거리고 숨이 헐떡거리는 몸 안으로 차가운 맥주를 폭포수처럼 들이붓는 이 순간이 정말…… 살아 있다는 말 그 이상으로 설명할 길이 없었다.

　함께 광고회사 다니는 친구 아니랄까봐 카피 잘 썼다고 극찬을 하며 잔을 부딪치는데, 우리가 주짓수 끝나는 시간에 맞춰 술자리에 낀 S가 첨언했다. "효모가 살아 있는 생맥주라서 '살아 있는 이 순간'이라고 쓴 거 아니야?"(S는 카피라이터다.) 그의 말에 따르면 이유 없이 나오는 카피 없고, 그렇다면 이 생맥주는 마시는 사람 입장에서도, 효모 입장에서도 그야말로 살아 있는 순간인 것이다. 우린 정말 기가 막힌 카피라며 신나게 맥주를 마셨다. 한두 잔만 마시자는 약속은 알코올처럼 서서히 휘발됐다. 이상할 정도로 마실수록 갈증이 나서 우리는 결국 열네 잔이나 마시고 말았다. 우리의 목구멍을 타고 내려가 생을 마감한 효모에게 애도를.

스파링하는 직장인의 이너 피스

건강한 신체에 건강한 정신이 깃든다는 말, 이제 확실히 이해할 수 있다. 내 정신을 갉아먹는 일이 일어났더라도, 주짓수를 하고 나면 다른 생각을 할 틈이 없다는 걸 몸소 경험했다. 주짓수는 몸과 함께 머리까지 쓰는 이중 자극 운동이다. 상대방에 따라 대응하는 기술을 계속 생각하면서 동시에 쉬지 않고 움직여야 하기 때문이다. 나는 아직 기술이 현저히 부족하다 보니 힘으로라도 버텨보려는 경향이 있는데, 그것도 나름대로 힘들다. 플랭크 자세를 취하듯이 안간힘을 준 상태에서 움직이기까지 하는 느낌이랄까.

나이도 성별도 다 다른 사람들끼리 땀을 흘리며 바닥을 한참 굴러다니다 보면 이런 생각이 든다. 매트 위로 올라가면 다 똑같은 인간들이로구나. 오늘 하루 회사에서 마주친 사람들과 스파링하는 상상을 하기도 한다. 피도 눈물도 없을 것 같은 광고주도 땀은 나겠지. 상상 속의 나는 누구든 쉽게 제압한다. 후후, 나는 스파링을 하는 직장인이야. 함부로 덤비지 말라고!

안고 쓰러지는 일

"제가 안고 쓰러지겠습니다."

왜장을 안고 남강에 투신하려는 논개가 비장한 얼굴로 말할 법한 대사이긴 한데, 의외로 광고회사에서 자주 쓰이는 표현이다. 폭탄 같은 일을 혼자서 해치우겠다는 뜻이다. 정확히는 폭탄을 끌어안고 잔해가 바깥으로 튀지 않게, 그러니까 다른 팀원들에게 피해가 가지 않도록 혼자 고군분투하겠다는 말이다. 내가 저 말을 처음 들었던 건 한 선배에게서였다. 귀찮기만 하고 얻을 건 욕밖에 없을 것 같은 프로젝트를 앞두고 선배는 저렇게 말했다. 그러고선 그는 정말로 혼자서 그 일을 해냈다.

주짓수 도장에서는 사람들과 뒤엉켜 쉴 틈 없이 안고 쓰러지는 일이 반복된다. 상대방의 대응에 따라 움직임은 계속해서 달라진다. 그때그때 대처할 수 있는 주짓수 기술을 배우고, 스파링을 하며 예측할 수 없는 다양한 상황을 경험하고 있다. 주짓수를 배우는 일은 모든 경우의 수에 대비하는 연습 같기도 했다. 그렇게 생각하면 참 다정한 구석이 있는 운동이다.

선배는 회사를 다니는 동안 몇 번이나 안고 쓰러지겠다는 말을 했을까. 익숙해서 괜찮았던 걸까. 주짓수 도장에서와 달리 회사에서는 그 누구도 낙법 따위 가르쳐주지 않았을 텐데.

눈물의 부대찌개가 흘렀다,
아이슬란드로

아이슬란드의 겨울은 혹독하다. 오후 4시 무렵부터 서서히 해가 모습을 감추고 5시면 사방이 어두컴컴해진다. 일찍 눈을 떴다고 해도 햇빛 아래 움직일 수 있는 시간이 반나절 정도밖에 되지 않는다는 뜻이다. 나머지 시간은 술 마시는 것 말고는 도무지 할 게 없는 밤이다.

레이캬비크에서 만난 친구 에이나르는 거대하다 싶을 정도의 장신이었는데, 시종일관 햇빛이 부족하다고 투덜거리며 시럽으로 된 비타민D를 보드카에 넣어 마셨다. 아이슬란드에 살면서 겨울을 견디지 못하는 그와 함께 있으면 겪어보지 못한 아이슬란드의 여름이 설핏 그려졌다. 어둠 대신 빛과 사람들의 에너지로 가득할, 눈부시게 환할 백야.

난 한국에 있을 때 햇빛을 얼마나 받았더라. 아침의 출근

시간(심지어 지하철 안에 있는 시간을 제외하면 대폭 줄어든다), 회사 지하 식당에서 점심을 먹은 후 커피를 마시기 위해 잠시 밖에 나가는 시간, 전부 합쳐도 한 시간 남짓이었을 것이다. 학창 시절엔 그나마 사정이 나았던 것 같지만, 햇빛까지 기억에 담으며 살기엔 한시가 급한 때였다. 어쨌든 살면서 햇빛이 부족하다는 생각을 하지 못한 것만큼은 분명하다. 충분히 가져보지 못했으니 부족함도 몰랐던 걸까. 나는 언제부터 자연스럽게 내 몫의 햇빛을 포기했던 걸까.

마땅히 누려야 할 햇빛을 겨울에게 빼앗긴 에이나르가 물었다. 왜 하필 겨울에 아이슬란드에 왔냐고. 멋진 여름을 두고 비수기를 선택한 이유가 있냐고.

결심을 했던 건 부대찌갯집에서였다. 회사 선배들과 점심을 먹기 위해 들렀던 부대찌갯집은 맛집이라 길지 않은 회사 점심시간을 쪼개 차를 타고 부러 찾아간 곳이었다. 가는 길에 조수석에 앉아 휙휙 스치는 거리 풍경을 보고 있으려니 갑자기 뒷골이 당기면서 눈물이 날 것 같았다. 차는 잘만 굴러가고 차창 바깥으로 스치는 세상은 끝도 없이 멀쩡한 게 문제였다. 저 풍경에 내가 없어도 완벽한 것처럼 내 전 남친도 나 없이 잘만 살겠지……. 이별한 지 얼마 되지 않아 시도 때도 없이 자조적인 생각에 빠지며 울컥할 때였다. 하지만 내 연애와는 아무런 상관도 없는 회사 선배들 앞에서 우는 것은 분명히 민폐였다. 죽을병에 걸린 것도 아니고 가까운 사람이 다친 것도 아닌데 고작 이런 일로 절절매는 것도 어른스럽지 못한 일이라고 생각했다. 나는 눈물을 꾹 참고 부내씨샛집의 버너 앞에 간신히 도착했다. 뭐라도 입에 넣으면 진정될 것 같은데, 아직 양념이 풀어지지 않아 국물이 하얀 부대찌개는 시간이 필요했다. 부글거리는 마음을 안고 한참이나 노려보고 나서야 국물이 보글보글 끓어올랐다. 온갖 사리와 양념 덩어리들이 맛깔스러운 부대찌개로 변하는 꼴을 보고 있으려니 다시 눈물이 솟으려 했다. 한낱 부대찌개도 저렇게 완전한데 나는 고작 이별 하나 했다고 눈물샘 하나 제어하지 못할 만큼 불완전해져버린 걸까…….

부대찌개 조리의 마무리, 그러니까 라면 사리를 반으로 부러뜨려 국물에 입수시킨 순간, 마침내 내 인내심에도 금이 갔다. 눈에 이물질이 들어갔다고 변명할 수도 없는, 너무나도 심각한 사연을 품고 있는 것만 같은 눈물이 줄줄 쏟아졌다. 라면 사리는 금방 익으니까 불기 전에 빨리 먹어야 하는데 선배들은 갑작스레 눈물을 터뜨린 내 눈치를 보기 시작했다. 어쩜 나는 이렇게 우는 타이밍도 못 맞추는 걸까. 나는 먼저 드시라고 말하며 화장실로 황급히 도망쳤다. 한참 후에야 진정된 나에게 선배들은 다정하게도 내 몫의 라면 사리를 담은 그릇을 건네주었으나, 한때 먹음직스러웠을 라면은 이미 내 눈처럼 퉁퉁 불어 있었다. 누가 봐도 형편없는 꼴의 면발이 마치 내 처지 같아서, 나는 화장실에 틀어박혔던 보람도 없이 다시 눈물을 뽑아냈다. 울다 보니 맛집에 와놓고 맛을 즐기지도 못하는 스스로가 한심해서 더 크게 목놓아 울었다. 그리고 그날, 집으로 돌아와 아이슬란드행 항공권을 샀다.

될 대로 되라는 심정으로 산 티켓은 무려 130만 원에 육박했다. 영국을 경유해 열두 시간 넘게 가야 하는 장거리 여정이었다. 오고 가는 시간을 생각한다면 일주일은 휴가를 내야 충분히 즐길 수 있을 터였다. 하지만 나는 마치 신의 계시라도 받은 듯 모든 결정을 거침없이 내렸다. 이 여행을 어떻게든 성사하겠다는 비장한 각오보다는, 어떻게든 될 거라는 체념이 더 컸다. 뭘 해도 부대찌갯집에서 그렇게 못난 모습으로 펑펑 운 것보다는 나을 게 분명했으니까.

그러니까 아이슬란드에 도착하는 날이 하필이면 혹독한 겨울의 한복판이자 비수기의 정점, 에이나르가 비타민D를 섭취하기 위해 술을 마실 때마다 용을 써야 하는 계절일 줄은 전혀 몰랐다. 나는 그저 좋은 곳에 가고 싶었을 뿐이었다. 내가 울던 장소와 가장 먼 곳에서 숨 쉬고, 현실과 동떨어진 풍경을 보고, 이전의 내가 상상할 수 없던 행동을 아무렇지도 않게 일삼고 싶었다. 그렇게 다른 사람이 되는 연습이 필요했다. 떠나기 전까지 제대로 된 여행 준비는 하나도 하지 않고 좋은 곳이었으면 좋겠다는 생각만 거듭 되뇌었다. 잡생각은 떠오르지 않을 정도로 좋은 곳이었으면, 여기서 죽어도 여한이 없겠다는 생각이 들 정도로 좋은 곳이었으면, 그럼에도 이런 좋은 곳에 있기 위해 더 살아야겠다고 결심할 정도로 좋은 곳이었으면 좋겠다고.

대체 왜 지금 여행을 왔느냐고 묻는 에이나르에게 웃으며 답했다. 전 애인이 아이슬란드에 오고 싶다더라. 나는 개보다 빨리 오고 싶었고.

그는 우스운 농담이라도 들은 것처럼 낄낄거렸다. 나의 슬픔이 바다 건너 머나먼 곳에서, 그전까지는 전혀 몰랐던 사람에 의해 농담으로 탈바꿈했지만 그런 오해가 기꺼웠다. 그가 다시 물었다. 기대한 만큼 좋았냐고. 나는 고개를 끄덕였다. 좋아하던 사람이 떠오르지 않을 정도로 좋더라.

관광을 온 사람에게 으레 던지는 당연한 질문이 이어졌다.

"뭐가 제일 좋았어?"

하늘에서 춤추듯 흐르던 초록빛 오로라? 온 세상을 순식간에 하얗게 만들어버리던 눈? 뜨거운 열기를 내뿜으며 땅에서 치솟던 간헐천? 새파란 보석 같던 빙하? 그것도 아니면 어둑어둑한 밤을 하얗게 태워주던 알코올인가? 한없이 고독할 줄 알았으나 그럴 겨를도 없이 내 곁을 지켜주던 이국의 사람들인가? 아이슬란드의 짧은 낮과 긴 밤 동안 누렸던 풍경들을 하나둘 떠올리며 나는 답했다.

"누굴 좋아하지 않아도 충분하다고 생각하는 내가 제일

좋았어."

끝없이 이어지는 아이슬란드의 겨울밤 동안, 나는 헤어진 연인을 마음껏 생각했다. 불현듯 치밀어 오르는 슬픔을 참으려고 하지 않았다. 돌아보지 않으려 애쓰다 터져 나오는 울음에 속절없이 휩쓸리던, 앞으로 나아가지 못하고 눈물샘에 고여 있던 시절은 충분히 경험했기 때문이다. 눈물과는 전혀 어울리지 않는 부대찌갯집에서 울 바엔 차라리 미련이 다 떨어져나갈 때까지 지난 시간을 뒤돌아보는 게 나았다. 뒤돌고 있는 상태에서 걷다가 넘어져본 후에야, 다시 앞을 보고 걷게 될 테니까. 다음으로 넘어가기 위해선 제대로 된 끝이 필요했다.

한국으로 돌아오자 어느새 봄이었다. 부대찌갯집에서 울었던 이유로 눈물을 흘리는 일은 더 이상 일어나지 않았다.

자소서는 지금도 업데이트 중

신입사원 공채 서류를 심사한 적이 있다. 학업 성적 및 직무 관련 경력을 평가하고, 자기소개서를 평가한 뒤 종합적으로 합격과 불합격을 나누는 작업이었다. 자소서 쓰느라 골머리를 앓았던 게 엊그제 같은데, 새삼 회사를 오래 다녔구나 싶었다.

거의 10년 만에 다시 들여다본 취준생들의 세계는 놀라웠다. 다들 어쩜 이렇게 열심히 살았는지. 영어 점수나 각종 자격증 외에도 온갖 대외 활동에 공모전에 인턴에 심지어 창업이나 유튜버 활동까지 종류도 다양했다. 언젠가 유명 유튜브 크리에이터가 유튜브 채널을 시작하게 된 계기로 '자기소개서에 한 줄 쓸 수 있을 것 같아서'라고 대답한 내용의 기사를 본 적이 있는데, 지원자들의 자소서를 보다 보니 뭐라도 되기 위해 뭐라도 계속해본 그 마음이 느껴졌다. '자소서 한 줄짜리'라고 폄하하는 사람들도 있겠지만, 그 한 줄 한 줄을 계단처럼 딛고 어딘가로 가고 싶어 하는 지원자들의 마음이 나에게는 와닿았다. 그 계단의 끝에 우리 회사가 있을지 아닐지는 저마다 다르겠지만.

서류 심사는 '취준생'이라고 이름 붙여진 매대에 서서 책을 뒤적거리는 일과 비슷했다. 저자는 지원자들이고 독자는 심사자인 나다. 내가 읽을 수 있는 건 글자 수를 치밀하게 세어가며 꾹꾹 눌러 담았을 짧은 프롤로그뿐이지만, 그것만으로도 뒤에 어떤 이야기가 이어질지 궁금해지는 사람들을 추려내야 한다. 대개 서툴고 어설펐지만 그래서 시선을 뗄 수 없었다. 선명히 날아오는 화살 같은 자소서에 마음이 꽂힐 때도 있었다. 그들이 과녁으로 삼고 있는 지점이 지금 내가 있는 자리라는 게 느껴질 때면, 일하는 게 지겹다고 말하는 스스로를 돌아보게 됐다.

과거의 나는 어떤 이야기를 들려주고 싶은 사람이었을까. 그날 집으로 돌아와 메일함을 뒤적거렸다. 내게 쓴 메일함에서 '자소서'를 검색하니 과거의 메일들이 첨부파일과 함께 고스란히 드러났다. 그야말로 나의 일대기였다.

대부분의 자소서는 스무 살 무렵 쓰였다. 장학금을 타기 위한 용도였다. 독자는 각종 장학 재단의 심사자들로, 나보다는 나의 가난을 중점적으로 소개하는 게 핵심이었다.

자소서 속 김혜경, 줄여서 '자경'이는 한국 드라마 속에 흔히 나오는 가난하지만 밝은 여자 캐릭터와 닮았다. 그런데 '금잔디'와 달리 부자 남자 친구는 없었으므로 드라마가 되지 못한 채 그저 장학 재단에 탄원서를 던질 뿐이었다. 자경이는 '저는 초등학교 때부터 줄곧 홀아버지 밑에서 자랐습니다' 혹은 '어릴 때부터 집에 여자는 저밖에 없었기 때문에, 줄곧 공부와 집안일을 병행해야 했습니다'로 시작해, '아버지께서 사업에 실패하시면서 경제적으로도 상당히 어려워져'로 이어가면서, 빼곡한 줄글 가득 비참함을 전시한다.

틀린 말은 아니다. 대학 등록금은 학자금 대출로 충당했고 생활비를 벌기 위해 쉬지 않고 아르바이트를 했는데도 월말이 다가오면 언제나 통장 잔고가 부족해서 컵라면이나 소시지빵으로 끼니를 때울 때가 많았다. 술도 잘 마시지 않았고 친구들과 자주 어울려 놀지도 않았고 취미라고 해봤자 한 시간에 천 원 정도 하는 PC방에서 게임을 하는 거였는데도 그랬다. 그렇게 사는 와중에도 밥값보다 비싼 스무디를 먹거나 아예 밥값을 아껴서 아이팟과 옷을 샀기 때문인지도 모른다. 가난하다고 가난하게 살 필요는 없었으니까.

물론 자경이는 이렇게 말하지 않는다. 어떻게든 자신이 생각하는 최소한의 취향을 지키기 위해 아득바득 살아간다고 외치는 독기 어린 여대생보다는, 학업과 생계 활동을 병행하느라 눈코 뜰 새 없는 와중에도 눈물을 참으며 애써 긍정적인 미소를 머금는 여대생한테 한 푼이라도 더 주고 싶잖아.

나는 자경이를 앞세워 글 뒤에 숨어 있었지만, 그럼에도 가끔씩 부끄러웠다. 좋은 학점과 가난을 증명하는 서류 외에도 자소서까지 써야 하는 현실이 지긋지긋했다. 스스로에 대한 글을 쓰는 게 구걸하는 일처럼 느껴졌다. 엄밀히 따지면 돈 달라고 하는 거니까 구걸은 구걸이긴 한데…… 장학금을 받을 수 있다면 몇 번이고 혜경이보단 자경이가 될 수 있었다는 것만은 분명하다.

장학금을 받은 이후 멈췄던 나의 자소서는 스물세 살에 다시 등장한다. 목적은 취업, 독자는 광고회사의 서류 담당자들이었다. 몇천 자에 달하는 글을 통해 나를 적합한 인재라고 소개하고, 내가 살아온 궤적이 이 회사에 닿을 것처럼 보이게 만들어야 했다. 꿈이 처음부터 직장인이었던 것도 아니고 광고에 관심을 갖게 된 것도 오래된 일이 아니었지만, 면접관들을 설득하기 위해 어떻게든 스스로를 포장하는 게 취준생들의 임무였다.

새하얀 벌판 같은 워드 화면은 막막하기만 했다. 깜박이는 커서가 또다시 마주해야 할 자경이의 심장박동처럼 느껴졌다. 써야 할 글자 수가 지나치게 많았으나 나를 다 표현하기엔 모자란 것도 같았다. 나의 재능과 가능성을 글자에 담아보려

애썼다. 글을 쓰는 것보다 애를 쓰는 시간이 더 길었다. 애를 쓸수록 속이 쓰렸다. 나조차 알 수 없는 내 미래의 가능성보다는 장학 재단에서 징학금을 틸 민큼 애진한 구석이 있던 내 과거가 더 크게 느껴져서. 그때의 자경이보다 못난 사람이 된 것만 같아서.

　나의 가장 큰 스펙이 가난이 되지 않길 바랐다. 내 글을 읽는 사람이 자경이가 아닌, 현실 속의 나를 궁금해했으면 했다. 그런데 그럴 만한 경력도 글재주도 없었으므로, 나는 보통의 줄글 형식을 포기하고 질문과 답으로 가득한 문제지를 제출했다. 글자 수 꽉꽉 채워 열두 문제로, 교묘하게 하고 싶은 말 다 채워 넣은 오지선다형으로, 친절한 해설도 덧붙여서. 그러니까 이런 식이다.

　1. 지금까지 김혜경의 인생에서 가장 쇼킹한 사람은?
　① 원빈
　② 쿠엔틴 타란티노
　③ 두 번의 결혼에서 실패하고도 여전히 사랑을 꿈꾸는 아버지
　④ 학점 B를 준 교수님
　⑤ 그리스인 조르바

　〔정답〕③ 유치원 때 첫 번째 엄마, 초등학교 고학년 때 두

번째 엄마가 떠나가버리는 바람에 집에 여자라곤 김혜경 하나뿐. 다시마를 미역이라고 생각하고 국을 끓여대는 아빠 덕분에, 격변하는 환경 속에서도 내 일은 내가 알아서 할 줄 아는 독립심 강하고 야무진 사람으로 자라났다.

12. 김혜경이 구태여 자기소개서를 이렇게 쓰는 이유는?
① 경제적 독립을 위해 줄곧 과외를 하다 보니 시험문제를 내는 데 통달해서
② 없는 글재주를 어떻게든 만회해보려고
③ 글자 수를 효과적으로 채우기 위해
④ 면접관에게 친절히 질문거리를 제공하기 위해
⑤ 스펙이 없으면 배짱이라도 있어야 할 것 같아서

〔정답〕 ⑤ 배짱으로 차별화하라. 남들의 기준에 맞춘 광고 관련 스펙은 부족하지만, 보다 중요한 인문학적 베이스와 감각만큼은 뒤지지 않을 자신이 있다.

장학금도 받았고 무사히 취업도 했으니 이건 나름의 합격수기다. 그렇다면 나의 자소서들로 이루어진 일대기는 여기서 끝? 그럴 리가. 나는 여전히, 지금도, 끝없이 자소서를 쓰고 있다. 자소서는 영어로 하면 에세이, 지금 내가 쓰는 것도 에세이니까. 독자층은 말도 안 되게 넓어졌다. 특정한 곳에 소속된 사

람들에서 나이도 성별도 소속도 알 수 없는 사람들로. 읽은 후에 어떤 방식으로든 저자인 나를 평가한다는 점에서는 비슷하다(여러분들의 별점과 후기 잘 찾아 보고 있습니다……). 다만 달라진 것은, 불특정 다수의 독자들에게서 예상치 못한 위로를 받을 때가 있다는 점이다.

아마도 그 이유로 인해 나는 계속해서 쓴다. 이전처럼 장학금을 받아야 한다거나 취업해야 한다는 분명한 목적이 없는데도, 누구도 쓰라고 강요하지 않았는데도. 내 생계에 영향을 미치는 것도 아니고, 안 쓰면 죽을 것 같은 것도 아니고, 죽음 이후에 놓일 천국 문으로의 합격과 불합격을 놓고 내 인생을 평가할 때 서류로 인정해주는 것도 아닌데도 말이다.

사실 목적이 분명한 자소서를 쓸 때도 나는 괴로웠던 만큼 즐거웠다. 누군가 내 이야기를 들어주고 있다는 느낌 때문이었다. 지금도 마찬가지다. 성당이나 대나무숲까지 가지 않아도 최소한 한 명은 내 이야기를 봐줄 거라는 게 좋다. 이런 이야기를 누가 듣고 싶어 할까 싶다가도 밑바닥에 고인 이야기를 퍼내다 보면 속이 다 시원해진다. 글을 쓰는 일은 아무리 슬프고 아팠던 일들도 고작 몇 줄짜리로 만들어버리는 일이고, 행복한 일들을 영원히 박제하는 일이니까. 한번 이 개운함을 경험한 사람은 다시 그 이전으로 돌아갈 수 없을 거라고 생각한다. 브래지어를 풀어본 사람이 다시 브래지어를 할 수 없는 것과 같은 이치랄까. 무엇보다 나는 들려주고 싶다. 나 잘 살아왔다고, 앞으로도 꾸역꾸역 잘 살아보자고. 언제나 나의 첫 독자일 다른 누구도 아닌 나에게.

　신입사원 공채 서류를 심사하다가 이야기가 여기까지 흘렀다. 누군가의 초심이 담긴 글의 힘이다.

글쓰기 캠프의 카레

　새해를 맞아 새사람이 되고자 글을 쓰는 친구 셋과 함께 '글쓰기 캠프'를 감행했다. 멤버는 나와 동거인 S, 그리고 종종 밤을 새워 함께 술을 마시는 절친한 친구 W와 K였다. 각자 마감해야 할 원고 때문에 선불리 만나지 못하고 있었는데, 기약 없이 마감과 약속을 미루느니 차라리 만나서 같이 글을 써보자는 S의 제안으로 우리 집에 모이게 되었다.

　술친구들이 모인 이상 술을 안 마실 수는 없었다. 다만 글쓰기 캠프였으므로, 평소의 술자리와는 분명 달라야 했다. 우리는 각자 작업용 노트북을 지참하는 것 외에도, 작업 욕구를 고취하고 캠프의 목적을 잊지 않기 위해 단체활동의 가장 필수적인 준비물을 갖췄다. 바로 단복!

　우리는 파자마 세트를 샀다. 파자마는 상의와 하의를 한

번에 갖출 수 있는 데다 하루 종일 입고 있어도 편하니까. 색깔만 다른 파자마를 각자의 퍼스널컬러에 따라 나눠 가졌다. 키도 몸무게도 성별도 다른 넷이었지만 모두에게 맞춤옷처럼 알맞게 떨어졌다. 옷까지 맞춰 입고 나니 뭔가 본격적으로 해야 할 것 같은 기분이 들었다. 학교나 회사에서 단체복을 맞추는 데는 역시 다 이유가 있었다. 우리는 잠잘 시간도 아껴 작업을 하겠다는 취지로 이 옷을 파'작作'마라고 부르기로 했다.

모름지기 모임이 결성되면 축배를 들어야 하는 법. 새해가 된 후 처음으로 만나는 자리이기도 했으므로, 차례주로 많이 쓰이는 '백화수복'으로 첫 건배를 나눴다. 1.8리터짜리 됫병을 순식간에 바닥낸 후엔 라벨에 호랑이가 그려진 고구마 쇼추(일본식 소주)를 마시고, K가 가져온 와일드 터키 버번위스키를 마셨다. 안주로는 설날에 시댁에서 받은 닭갈비와 아빠가 싸준 LA갈비를 먹었다. 먹고 마시기만 했는데 어느덧 아침 6시쯤이었다. 글을 쓴 시간은 도합 0초. 그렇지만 첫날은 원래 적응하는 시간이니까.

글쓰기 캠프 둘째 날. S는 지독하게도 "애들아, 글 쓰자!"라고 외치며 우리를 깨웠다. 근데, 일단 해장부터 하자. 언제나 요리를 담당하는 S가 감자 짜글이를 끓였다. 따뜻하고 포슬포슬한 감자가 식도에 진득하게 밴 알코올 냄새를 지우고 내려가 배를 든든하게 채웠다.

"이제 진짜 글 쓸까?"

"현대인이라면 일하기 전에 커피부터 마셔야지."

우리는 아이스아메리카노를 배달시켜 마신 뒤, 각자 자리를 잡고 앉았다. S는 작업실로 쓰는 방에, K는 주방 테이블에, W는 거실 소파에, 나는 거실의 좌식 테이블에 앉았다. 분명 다들 앉아 있는데 신기할 정도로 키보드 두드리는 소리가 나지 않았다. W는 첫 문장을 무엇으로 할지 고민하며 다양한 버전을 들려줬는데, 그 첫 문장만 모아도 한 문단이 나올 것 같았다. 그렇지만 결국 W는 그 어느 문장에도 첫 문장 자리를 내어주지 않았다.

한 것도 별로 없는데 시간은 자꾸 흘렀다. 손가락조차 열심히 움직이지 않았는데 또다시 배가 고팠다. 우리는 치킨 두 마리와 떡볶이를 배달시킨 후, 첫째 날에 미처 못 마신 레드와인을 땄다. W가 선물받은 비싼 와인이 있다며 가져온 것이었다. 1.8리터보다 한참이나 적은 와인은 금세 동났다. 어제처럼 많이 마실 생각은 없었는데 그래도 와인 한 병으론 너무 부족한 것 같아서 마시다 남은 와일드 터키 버번위스키를 마셔서 비우고, 조니 워커 그린 라벨 올드 보틀을 열었다. 보관 상태가 좋지 않아서 코르크가 부식된 바람에 랩으로 막아둔 상태였기에, 새로운 마개를 끼우기 위해 달모어 시가 몰트위스키를 마저 비운 뒤 마개를 옮겨 끼웠다.

"근데 이렇게 술을 마시고 글을 쓸 수 있어?"

"누가 글을 술 마시고 써?"

"그럼 술 더 마시자."

그다음으론 태국에선 소주나 다름없다는 리젠시 VSOP 브랜디를 마셨다. 우리의 입은 어마어마한 양의 술을 마셨고 그보다 더 많은 말을 쏟아냈다. 평소에는 잘 나오지 않는 주제인 과학부터(양자역학 이야기만 몇 시간을 했다. 주로 S와 W가 설명했고 나와 K는 알아듣는 척 고개를 끄덕였다) 종교까지 온갖 장르를 넘나들다가, 끝내 이 글쓰기 캠프의 핵심 주제로 돌아갔다. 각자 글을 어떻게 써야 하는지, 자신이 써야 할 글이 무엇인지에 대해 길게 토로했다.

"뭐야, 이미 다 생각해뒀네. 쓰기만 하면 되네."

"근데 그게 안 돼."

말할 시간에 글을 썼다면 뭐라도 썼을 텐데……

글쓰기 캠프 셋째 날. 눈을 뜨니 점심이었고, 기름지고 묵직한 패스트푸드가 당겨서 맥도날드에서 버거 세트를 주문했다. 산처럼 쌓인 감자튀김까지 다 해치우고 나니 이제는 정말 글을 써야 할 것 같은 기분이 들어서, 마음을 진정하기 위해 차를 우렸다. 뜨거운 물에 말린 우엉을 대여섯 조각 정도 넣어 고소하면서도 조금은 매캐한 나무 향이 나는 우엉차를 만들었다. 차를 마시자 입안이 개운해지면서 정신이 또렷해졌다. 첫 문장을 못 쓰겠다며 괴로워하던 W는 우엉차를 마시며 3일 만에 드디어 첫 문단을 쓰는 데 성공했다.

"뭐 썼어?"

"차 마시는 이야기."

"아하……." (그러나 막상 출간된 그의 소설은 전혀 다른 이야기로 시작한다.)

저녁이 되자 W가 '이런 때' 항상 해 먹는 음식이라며 카레를 만들겠다고 선언했다. 호사스럽게도 마블링이 화려한 와규 등심 두 팩과 양파 큰 묶음, 당근, 버섯, 가지, 매콤한 카레 가루가 들어갔다. W는 집에 있는 것 중 가장 커다란 냄비에 와규를 통째로 넣어 고기 육수를 내기 시작했고, 커다란 팬에 넘치도록 양파를 넣고 볶았다. 뽀얀 양파가 고소한 냄새를 풍기며 짙은 캐러멜 덩어리처럼 변할 때까지 아주 오래도록. K는 거들겠다며 옆에 서더니 태어나 처음으로 감자를 깎았다. 나는 거실에 앉아 글을 썼다. W가 주걱으로 양파를 휘젓는 소리, K가 감자 칼로 껍질을 벗겨내는 소리, 내가 키보드로 무언가를 타닥타닥 입력하는 소리가 한데 어우러졌다.

카레는 자정이 지나서야 완성됐다. '이런 때' 먹는다던 카레는 과연 맛있었다. 아직까지 무엇 하나 제대로 해내지 못한 우리에게 과분할 정도로. 모든 재료의 풍미가 제대로 압축되어 있었다. 하이라이스처럼 진한 고동색 카레에는 고기 향이 그윽하게 배어 있었고, 소스를 한껏 머금은 큼직한 야채들은 씹으면 달콤한 즙을 뿜었다. 적당히 매콤한 덕에 식감이 꾸덕

꾸덕한데도 느끼하지 않았다. 우리는 두 그릇 이상씩 카레를 해치웠다. 제대로 된 무언가를 요리해 먹었다는 사실에 충만한 기분이 들었다. 어쩐지 든든해진 기분이 되어 각자 쓰는 글과는 아무 상관도 없는 웹소설 이야기를 시작으로 그간 인터넷에서 모은 온갖 짤들을 보면서 웃고 떠들었다. 또다시 아침 해가 뜨기까지. 이날에는 아무도 술을 마시지 않았다. 그러니까 우리가 그간 글을 쓰지 않은 게 술 때문이 아니라는 게 확실해졌다.

글쓰기 캠프 넷째 날. 오늘은 뭔가를 써낼 것이라고 믿으면서도 먹는 음식만 바뀔 뿐 변함없이 반복되는 넷째 날. 무려 4일 동안이나 벗지 못하고 있는 파작마가 어쩐지 죄수복처럼 느껴졌다. 모두 죄를 짓긴 했죠, 제때 할 일을 하지 못한 죄. 우리는 간헐적으로 서로를 협박했다. "너 원고 다 못 쓰면 여기서 못 나가는 거야." K와 W는 마침내 부모님에게서 걸려온 전화를 받았다. "너 어디니? 언제 올 거니?" "모르겠어요……."

뭔가를 하려고 하면 밥 먹을 시간이었다. 우리는 오늘을 위해 어제 애써 남긴 카레를 덜어 '포테킹' 치킨과 함께 먹었다. 그간 매 끼니 메뉴가 겹치지 않도록 피해왔지만, 카레 중에서 제일 맛있는 카레는 '어제의 카레' 아니던가. 밤새 한층 더 깊어진 카레 소스에 얇게 썬 감자튀김이 촘촘하게 박힌 기름지고 바삭한 치킨을 찍어 먹으니 천국이 따로 없었다. 그러고

나서는 시즌제 드라마를 1화부터 정주행하기 시작했다. 드라마까지 보는 건 글쓰기 캠프에서 일어나면 안 되는 일 아닌가 싶기도 했는데, 어느 캠프에나 적당한 시청각 활동 시간 정도는 있는 법이다.

"좋은 걸 봐야 좋은 걸 쓸 수 있는 법이지."

"아웃풋이 나오려면 인풋이 있어야 해."

우리의 모습을 타임랩스로 촬영해 다시 보면 하나의 사진으로 착각할 정도로, 아무런 미동도 없이 다들 자리에 붙박여 드라마를 시청했다. 저녁으로는 S가 뚱뚱한 소시지를 가득 넣은 나폴리탄 파스타를 만들었고, 식사 후에는 W가 4일 전 집에서 가져온 사과를 깎았다. 드라마의 에피소드는 총 10개였는데, 마지막 화를 볼 때가 되자 경건한 마음으로 편의점에 가서 '프링글스'와 쥐포를 사 왔다. 그렇게 드라마 시즌 하나가 끝이 났다. 드라마까지 봤으면 이제 해야 할 일을 할 때가 되었는데 그런 일은 일어나지 않았다.

"그러니까, 내가 쓰고 싶었던 게 저런 거야!"

"세상에 좋은 건 이미 다 나와 있다니까?"

명작에 주눅이 들어 창작 활동에 대한 의지를 잃어버린 탓이었다.

친구들은 다섯째 날이 되어서야 집을 떠났다. 집에는 그들이 벗어두고 간, 구겨진 파작마만이 덩그러니 남았다. S와

둘이 있는데도 쓸쓸했다. 넓지도 않은 집이 갑자기 굉장히 허전하게 느껴졌다. 진짜 재밌었는데, 그런데 진짜 글 쓰려고 했는데. 글쓰기 캠프랍시고 5일이나 함께했는데 글을 쓴 시간을 합치면 반나절도 채 되지 않았다. '글 쓰려고 애쓰기 캠프'라고 해야 정확하달까. 글을 쓰려고 마음의 준비만 하는 데도 기나긴 시간이 필요했다. 제대로 이룬 것 없이 밥과 술만 먹고 마셔도 하루는 금방 끝나고 그새 또 시작됐다. 우리 중에서 마감을 제일 오랫동안 미루고 있는 W는 술을 마시며 당당하게 말했다. 글쓰기 시간에는 글을 쓰지 않는 시간도 포함해야 한다고. 머리에 뭔가를 더 채워 넣은 다음에야 그 내용을 글로 옮길 수 있다는 거였다(우린 배를 중점적으로 채운 것 같긴 하지만……).

그땐 마감을 미루는 자의 자기합리화가 대단하다고 웃었지만, 글을 쓸 때마다 W의 말과 함께 '이런 때' 먹는다고 끓여주던 카레가 생각난다. 온갖 재료를 있는 대로 다 때려 넣어 오랫동안 끓여 만든, 시간을 두고 먹으면 더 맛있던 카레. 무엇이든 시간이 배어들어야 제대로 맛이 날 거라고, 그러니 조금 더 기다려도 된다고 응원해주는 것 같던 맛. 글쓰기 캠프 이후 나는, 글을 적고 고치는 시간뿐만 아니라 그러지 않을 때에도 쓰고 있는 거라고 생각하게 되었다.

나는 팟캐스터다

나는 팟캐스터다. 유명하지 않은 팟캐스터다. 세상에 존재하는 대다수의 팟캐스트는 인기가 없고 마찬가지로 대다수의 팟캐스터는 유명하지 않다. 그럼에도 사람들은 팟캐스트라는 미지의 세계 속에서 어쩌면 존재할지도 모를 나의 유명세를 기대하기 때문에 어쩔 수 없이 첫 문단에서 이렇게 명시해두려 한다. 팟캐스트를 한다고 하면, 다들 눈을 휘둥그렇게 뜨고 질문하곤 하니까. "어디서 들을 수 있어요? 얼마나 하셨어요?"

나는 구독자 수를 한 명이라도 더 올릴 수 있는 기회와 나의 무명이 까발려지는 부끄러움 사이에서 조금 망설이다 대답한다. "시 읽으면서 술 마시는 방송이고요. 팟빵 사이트나 앱에서 '시시알콜' 검색해서 들으시면 돼요. '좋아요'랑 '구독' 눌러

주시고요. 5년 넘게 했고 혹시 방송 들으실 거라면 꼭 역순으로 들어주세요."(이 말을 할 때의 나는 어쩐지 발성과 발음에 더욱 주의를 기울이고 있다.)

사람들은 내가 5년 넘게 팟캐스트를 해오고 있다는 사실에 몹시 놀란다. 나도 놀랍기에 그들의 반응이 놀랍지 않다. 시작할 땐 전혀 상상 못 했던 일이다. 내가 결혼도 하고 독립도 하고 이십대에서 삼십대가 되어서도 팟캐스트를 계속하고 있을 거란 걸.

지금은 남편이지만 당시엔 애인이었던 S와 바에 앉아 술을 마시던 밤이었다. 허구한 날 술 마시고 같이 시 읽는 것을 좋아하니, 뭐라도 한번 남겨보자는 말이 나왔다. 나는 고작 인스타그램에 둘만의 기록용 계정을 만드는 것 정도를 상상했는데, 이전에도 팟캐스트를 했던 경험이 있는 S가 대뜸 팟캐스트를 해보자고 했다.

"내가? 팟캐스트를? 그건 뭐 자격증 같은 거 필요 없어?"

그는 원하면 누구나 할 수 있다고 답했지만 나는 여전히 떨떠름했다.

"아무리 그래도 목소리가 좋거나 하다못해 발음이라도 정확한 사람이 해야 하는 거 아니야? 그거 누구나 들을 수 있는 거잖아. 아니, 근데 팟캐스트는 어디서 듣는 건데?"

S는 '팟빵'이라는 앱을 켜서 보여주었다. 팟캐스트만을 위한 앱이 있다는 게 1차 충격이었고, 끝도 없이 목록을 내려야

할 정도로 세상에 존재하는 팟캐스트가 많다는 게 2차 충격이었다. 아무래도 제일 유명한 것은 정치나 시사 팟캐스트였지만, 책이나 영화 같은 콘텐츠를 소개하는 등 좀 더 가벼운 느낌의 팟캐스트도 꽤 많았다. 제일 충격적인 건 단순히 수다나 떨자는 식의 팟캐스트도 드문드문 보였다는 것이고, 19금 일화를 푸는 팟캐스트도 많았다는 것이다. 그 외에 제목만으로는 도무지 무슨 이야기가 나올지 가늠도 되지 않는 수많은 팟캐스트가 있었다. 아무거나 몇 개 눌러봤는데, 상상했던 것처럼 아나운서나 성우 같은 목소리를 지닌 사람들이 말하는 것도 아니었다. 정제되지 않은 목소리들이 저마다의 파동으로 흘렀다. 그곳은 자신만의 바이브로 무엇이든 말하는 사람들과 그런 이야기를 궁금해하는 사람들이 계속해서 밀려드는 거대한 바다였다. 나 역시 그 안에 뛰어들고 싶었다.

팟캐스트는 누구나 할 수 있지만, 아무나 잘할 수는 없다. 중학교 때 치열한 경쟁률을 뚫고 방송부에 들어간 적도 있기에 괜찮지 않을까 싶었지만, 나는 그저 그런 아무나 중 하나였다. 녹음 장비를 구축하고 오디오 파일을 편집하는 등 가장 어려운 부분은 S가 전부 담당했으므로 나는 마이크 앞에서 말만 하면 되었는데, 그것조차 어려웠다. 요즘 청소년들은 어릴 때부터 유튜버를 보고 자라서 그런지 유튜브도 아무 거리낌 없이 하던데, 나는 누가 지켜보지도 않는데도 낯을 가렸다. 술을 마시는 방송이기 때문에 취할수록 당당해질 수 있었지만, 술을 마시는 데 너무 진심인 나머지 팟캐스트를 녹음하고 있다는 사실을 잊고 취해버리는 것이 문제였다. 최승자 시인의 시집『이 시대의 사랑』을 읽으며 '참이슬 레드'를 마시는 1회차 방송은 통째로 날려 먹고 다시 녹음해야 했다. 술을 마신 상태로 눈앞에 없는 청자를 상정하며 말을 해야 한다니, 팟캐스터란 생각보다 극한 직업이었다.

녹음한 팟캐스트를 들을 용기조차 나지 않았다. 이름도 얼굴도 모르는 사람들이 들을 수 있도록 만천하에 공개해두면서, 정작 나는 내 팟캐스트를 듣지 않았다. 시도를 안 해본 것은 아니다. 첫 방송의 모니터링을 하기 위해 파일을 재생했는데 잔뜩 늘어진 목소리, 취기 섞인 비음, 구부러진 혀가 자아내는 불분명한 발음이라는 3단 콤보에 나가떨어졌을 뿐. 때린 사람도 나고 맞은 사람도 나여서 어디 하소연할 수도 없었다. 결국 5분 이상 재생하지 못하고 팟캐스트를 종료했다. 그 이후로도 쭉. 녹음할 때 신나게 취했던 것과는 별개였다. 기억하기 위해 기록해두고 막상 자신은 듣지 않는다니, 내가 생각해도 아이러니다.

이쯤 되면 관둘 만도 했지만 그러지 않았다. 재능 없다고 쉽게 포기할 거였으면 살아 있지도 못했다. 무엇보다 어영부영 녹음한 0회 방송이 업로드됐을 때부터, 나는 느꼈다. 대뜸 발부터 담가본 이 세계에 젖어 들수록 내가 점점 다른 사람이 되어가고 있다는 것을. 술을 마시며 시 읽는 팟캐스트〈시시알콜〉의 탄생과 함께, 나는 더 이상 평범한 직장인이 아니게 되었다. 그 안에서 나는 직장인 김혜경이 아닌 DJ 풍문이었다.

팟캐스트를 한다고 주변에 알리기 시작하니 반응이 한결같았다. 바쁘다고 소문난 광고회사에 다니면서 어떻게 그것까지 하냐는 거였다. 아무리 바빠도 술 마실 시간은 있으니까 그때 녹음하면 된다고 가볍게 대꾸했지만, 그들 말마따나 버거운 일이긴 했다. 꼭 팟캐스트라서가 아니라, 직장인으로 살면서 뭔가를 새롭게 시작하는 것 자체가 그랬다. 팟캐스트를 시작하기 전에도 이미 내 하루는 꽉 차 있었으니까. 24시간을 더 자잘하게 조각내어 디스크 조각 모음을 하듯 시간을 확보해야 하는데, 그러자면 얼마 되지도 않는 여가 시간부터 줄여야 했다. 팟캐스트를 시작할 무렵의 나는 회사에서 연차가 낮은 대리급이었기 때문에 퇴근 시간을 조절하기도 어려웠고, 지금처럼 DJ 능청(남편)과 같이 사는 것도 아니었어서 서로 일정을 맞추는 일이 쉽지 않았다. 데이트를 하던 주말은 자연스레 팟캐스트를 녹음하는 시간이 되었고, 야근이나 주말 출근이라도 하면 수면 시간을 줄여야 했다. 미루고 미루다가 업로드하기로 약속한 날이 코앞에 다가오자 결국 한밤중에 회사 회의실에서 녹음한 적도 있다. 매주 업로드해야 하는 팟캐스트를 한다는 건, 매주 마감하는 일정으로 사는 것과 마찬가지였다.

그래도 녹음 버튼을 누르고 DJ 풍문이 되면 그런 어려움은 까맣게 잊었다. 직장인 김혜경은 누구에게도 털어놓지 못할 것 같은 이야기를, DJ 풍문은 누구나 들을 수 있는 곳에서 무엇이든 말할 수 있었다. 시를 안주 삼아 술을 홀짝거리다 보면 마음의 문이 활짝 열렸다. 세상에는 좋은 시와 술이 무한했고, 나는 영원히 이야깃거리가 떨어지지 않는 이 술자리를 즐기는 사람이 되었다. 팟캐스트가 아니었다면 시를 읽고 떠오르는 생각 따위 굳이 입 밖으로 꺼낼 일이 없었을 텐데, 매번 다양한 대화를 나눠야 하는 팟캐스트 덕에 내 마음속을 들여다볼 시간을 충분히 가질 수 있었다. 나는 주정과 헛소리를 거듭해가면서 내가 진짜 하고 싶은 말이 무엇인지 알아갔다. 술은 용기를 주었고 시는 내가 알아야 할 감정을 알려주었다. 어색하기만 하던 마이크 앞은 마음의 밑바닥을 다 드러낼 수 있는 가장 내밀한 장소로 변했다.

올해로 팟캐스트를 한 지 5년째, 회사로 치면 나름 대리급 팟캐스터다. 입사했다고 곧장 직장인이 되었다고 느끼지 않는 것처럼, 팟캐스트를 하는 것과 '팟캐스터'는 엄연히 다르다. 전자는 마이크 앞에서 그냥 떠드는 것이고, 후자는 그 너머 어딘가에서 내 목소리를 듣고 있을 누군가를 생각하는 사람이다. 이제 나는 후자라고 당당하게 말할 수 있다. 청취자들의 존재가 이렇게 힘이 될 줄은 몰랐다. 잘 들었다는 감상부터 좋은 친구를 사귄 느낌이 든다거나, 함께 술을 홀짝이며 듣는다거나, 덕분에 시집을 사러 서점에 종종 가게 되었다는, 그런 다정한 댓글을 볼 때마다 마음속에 차곡차곡 쌓아둔다. 그만두고 싶은 재난 상황이 닥칠 때마다 꺼내 먹을 수 있는 마음의 비상식량이다. 팟캐스트를 녹음할 때마다 나의 연료가 되어준, 아는 것은 닉네임뿐인 이들을 생각하며 간절히 기원한다. 이들이 〈시시알콜〉을 통해 시와 술의 즐거움을 맛볼 수 있기를, 그 즐거움으로 조금이나마 더 나은 하루를 보내기를. 내가 모르는 사람의 행복까지 바랄 만큼 여유 있는 사람이라서가 아니다. 그건 팟캐스트 세계 속 행복의 선순환 구조 덕이다. 내가 좋아하는 걸 소개함으로써 청취자가 행복해지고, 행복한 청취자가 댓글을 남기면, 나도 댓글을 읽고 행복해져서 다시 그 힘으로 팟캐스트를 계속할 수 있다.

그렇게 팟캐스터로 행복하게 잘 살았습니다…… 로 끝나는 이야기였다면 좋았을 텐데. 유명하지 않은 팟캐스트를 계속하는 건 생각보다 힘든 일이다. 시간과 돈과 마음을 무한정 써야 하는데, 팟캐스트로 벌 수 있는 건 그 셋 중에서 마음 정도다. 청취자들의 반응으로 보답받는 마음(슬프지만 돈까진 바라지도 않는다. 이럴 땐 월급이 있는 직장인이라서 정말 다행이라고 생각한다). 그런데 댓글의 빈도는 내 마음 같지 않다. 누구도 원하지 않는 목소리를 꾸역꾸역 내고 있다는 기분이 들 때마다 조금씩 지쳐갔다. 정해진 녹음 패턴에 익숙해지면서 차별성을 위한 노력도 점차 시들해졌다. 어느 시점부터는 즐겁기 위해 시작한 팟캐스트가 해치워야 할 일처럼 느껴졌다.

좋아하는 걸 좋아하기 위해서는 노력해야 했다. 시와 술을 더 좋아하기 위해 팟캐스트를 시작했다면, 팟캐스트를 계속 좋아하기 위해서도 뭔가가 필요했다. 나와 능청은 그 노력의 일환으로 많은 일을 벌였다. 팟캐스트를 더 풍성하게 만들어줄 DJ를 영입하기도 했고, 다른 팟캐스트와 컬래버레이션도 했고, 시인과 함께 시집서점과 술집에서 공개방송도 했다. 청취자의 사연을 받거나 직접 게스트로 모셔서 특집방송을 꾸리거나, 메일링 서비스인 '주酒간 시시알콜'을 연재하거나, 유튜브 채널을 개설해 영상 콘텐츠를 올리기도 했다. 녹음할 때의 텐션을 높이기 위해 녹음 전 맛집을 방문해 술을 거나하게 마시고 시작하자는 규칙을 만들어 꼬박꼬박 지킬 때도 있었다.

성과가 아주 없었던 것은 아니다. 팟캐스트 채널과 동명의 책을 출간하기도 하고, 유명한 사람들만 나올 것 같은 주요 잡지에서 인터뷰까지 했으니까. 청취자부터 시인까지 새로운 술친구들도 많이 생겼다. 팟캐스트도 수직 상승할 것만 같았는데, 성장은 계단식이라는 말을 증명이라도 하듯 잘될 것 같다가도 너무나 쉽게 정체기에 머물렀다. 대단한 성공을 바란 것까진 아니었지만, 몇 년이 지난 지금 마치 아무 일도 없었던 것처럼 비슷비슷한 정도의 재생 수를 보면 허탈하다. 물론 내가 부족하기 때문이라고 생각한다. 그렇다고 노력이 부족했다는 생각은 들지 않는다. 다만 그게 계단을 건너뛰어 수직으로 오를 수 있는 정도는 아니었을 뿐. 노력만으로는 올라갈 수 없는 턱이 있었던 걸까? 계단을 올라야 하는 줄 알았는데 실은 암벽등반이었던 걸까?

　"이제 그만할까."

　능청은 이 말을 꺼낼 때마다 할 만큼 했다고 덧붙이고, 나는 계속하고 싶다고 고집을 부린다. 정확히는 그만둘 용기가 나지 않는 쪽에 가깝다. 5년이나 해온 게 아깝기도 하고, 팟캐스트는 이미 내 인생을 비집고 들어와 자리 하나를 차지한 지 오래니까. 팟캐스트를 끝내면, 그가 차지하고 있던 인생의 한 구석이 텅 비게 될까 두렵다. 이걸 관두면 팟캐스터로서의 나는 사라지고 회사에 다니는 나만 남을 텐데, 그런 스스로를 긍정해줄 수 있을까?

　팟캐스트를 생각할 때마다 나는 끝이 보이지 않는 바다 위에서 무력하게 떠다니는 기분이 든다. 동력은 떨어졌고 이끌어줄 바람도 없이, 그저 흘러가는 해류에 맡긴 채로, 언젠가는 다시 신나게 바다를 누빌 수 있지 않을까 막연히 생각하기만 하는. 어쩌면 나는 좌초만을 앞둔 것 같다. '언제까지 팟캐스트를 계속할 수 있을까'라는 의문을 갖기보다는 '언제 팟캐스트를 끝내야 할까'라는 질문을 던지는 것이 유일한 탈출로처럼 느껴진다.

　고민 끝에 나와 능청은 약속했다. "딱 10년까지만 채워보자." 앞으로 그만두고 싶은 날이 오더라도, 10년까진 해보자고.

그리고 10년이 되면, 깔끔하게 끝내자고.

이 약속은 일본 드라마 〈콩트가 시작된다〉에 나온 것을 흉내 낸 것이다. 제목과는 다르게 개그 콩트를 함께하는 세 친구가 결국 콩트를 그만두고 각자 새 출발을 하는 여정을 담은 드라마다. 능청과 나는 드라마를 보면서 몹시도 울었다. 인기 없는 개그를 하는 그들과 유명하지 않은 팟캐스트를 하는 우리의 모습이 너무 닮아 보여서. 드라마 속의 개그 트리오는 '10년 동안 뜨지 않으면 그만두겠다'고 약속한다. 시간을 통째로 버리는 것처럼 여겨지기에 계속해서 망설이지만, 결국 그들은 10주년 공연을 마지막으로 관둔다. 그간의 시간은 사라지지 않고 쌓여서 그들이 또 다른 시작점에 가닿을 수 있게 해준다. 우리에게도 그럴 것이라 믿는다.

드라마를 다 보고 나서, 줄곧 듣지 않던 0회차 방송을 다시 켰다. '〈시시알콜〉의 술 큐레이터 풍문'이라고 자연스럽게 소개하는 요즘과 달리, 성까지 붙여 '김풍문'이라 어색하게 소개하는 나의 목소리가 들렸다. 그 목소리부터 별로였다. 그때나 지금이나 여전히 발성도 발음도 좋은 능청에 비해, 나는 목으로만 말한다고 해야 하나. 배에 힘을 딱 주고, 마이크에 입을 딱 대고, 잘 들리게 말해야 하는데, 영 매가리가 없는 게 팟캐스트 초보다웠다.

나는 리산 시인의 시집 『쓸모없는 노력의 박물관』의 '시인의 말'을 읽고, 능청과 소주잔을 부딪치며 이런 대화를 나눈다.

풍문: "휴일에 만들어진 맥주는 불량이 많다고 한다. 내
　　　시의 대부분은 휴일에 씌어졌다." (…) 모든 게 다
　　　완벽할 필요는 없는 거잖아요. 군이 불량이라고 분
　　　류하는 것에서 오는 아름다움도 있다고 봐요. 우리
　　　방송도 그랬으면 좋겠는 마음으로 (읽었어요).

능청: 와, 엄청 포장했다.

풍문: (우리 방송이) 대부분 불량이겠지만, 뭐가 완벽하겠
　　　어, 첫판부터 이 모양인데. 물론, 발전하겠죠?

능청: 아, 뭐, 적당히 발전하겠죠. 발전하겠는데,

풍문: 저 포장 많이 했어요?

능청: 잘했어, 잘했어, 잘했어.

풍문: 광고회사 AE가 이런 일을 합니다.

능청: 포장하는 일.

풍문: 포장하는 일.

능청: 어찌 됐든 저희가 말하는 것 대부분은 불량품일 텐
　　　데, 불량품 중에서도 쓸모 있고 뭔가 좀 깨작거릴
　　　만한 것들이 나올 수 있으니,

풍문: 네, 여러분, 우리는 군이 군이 불량품을 만들려는
　　　일을 합니다. 이런 사람도 있어야죠.

　이어서 능청이 이문재 시인의 「지금 여기가 맨 앞」이라는
시를 읽는다. '나무는 끝이 시작이다'라는 문장으로 시작하는

시다. 시를 읽은 능청은 '모든 순간이 맨 끝이라고 주저앉을 필요도, 시작이라고 낙관할 필요도 없다'고 덧붙인다.

마치 2016년의 우리가 지금의 우리에게 던지는 말들 같았다. 적당히 발전할 거라는 예언도, 노력 끝에 불량품을 만들 거라는 자조 섞인 포부도, 끝과 시작에 지나치게 마음 쓸 필요 없다는 위로도 전부. 지금보다 훨씬 어린 이십대였던 주제에 그때의 우리는 이미 다 알고 있었다. 바다에 들어온 것만으로 행복해하는 우리가 있었다. 나는 0회차 방송에 하트 모양의 '좋아요'를 꾹 누르고, 그때부터 지금까지 이어져오고 있는 댓글들을 훑었다. 유명하지 않은 팟캐스트에 사랑을 건네는 사람들의 말이 쌓여 있었다. 많지 않아도, 길지 않아도, 사랑은 사랑이었다. 청취자에게 받은 메일과 손 편지도 다시 꺼내 읽었다. 나보다 나를 더 좋아하고 이해해주는 글들을 읽으며 풍문이 되길 잘했다는 생각이 들었다. 자신이 성인이 될 때까지 계속해달란 청취자는 지금쯤 몇 살이 됐으려나.

〈시시알콜〉은 2026년에 끝난다. 아직 4년 정도 남았다. 그 끝이 어떤 모습일지 아직은 모르겠다. 그래도 〈콩트가 시작된다〉의 마지막 화에 나온 대사 정도는 할 수 있을 것 같다. '잘되진 않았지만 사랑받았습니다.' 이 말을 할 수 있을 때까지, 남은 시간 동안 풍문은 최선을 다할 예정이다. 나는 팟캐스터니까.

나는 개와 함께 산다

나는 개와 함께 산다. 이름은 '똘멩이'다. 처음 만난 날, 겁을 먹어 잔뜩 움츠러든 까만 눈이 마치 조그맣고 단단한 돌멩이 같아서 지은 이름이다. 입사와 거의 동시에 데려온 아이라, 내 연차와 똑같이 나이를 먹고 있다. 내가 차장으로 진급하는 동안의 세월을 줄곧 함께한 만큼 똘멩이도 이제 노견이 됐다. 어릴 때나 지금이나 여전히 겁이 많고 소심한 성격이지만, 변함없이 자신보다 훨씬 크고 나이도 많은 나를 지키려 애쓴다. 내가 취한 채로 늦게 집으로 돌아와도 몇 시가 되었든 번개처럼 달려와 나를 반긴다. 있는 힘껏 달려 나온 몸보다도 마음이 더 앞섰는지 현관에서 발이 꼬여 구를 때도 있다. 온 힘을 다해 환영식을 치른 다음에는 내 옆에 기대어 부드러운 털을 마음껏 쓰다듬을 수 있도록 해준다. 무한한 애정을 주는 똘멩이와 함께 있으면 내가 정말로 이런 사랑을 받아 마땅한 사람이 된 것 같아서 우쭐해진다.

처음 만난 개가 똘멩이인 것은 아니다. 아빠는 줄곧 강아지를 키우고 싶어 했다. 공원을 산책할 때 목줄이 없어도 주인만을 맹목적으로 졸졸 따르는 조그만 강아지를. 나는 그런 강아지들과 두세 번 정도 짧게 살았다. 집보다는 학교나 학원에 있는 시간이 압도적으로 많았던 때였다. 강아지를 좀 돌봐주라는 말을 듣곤 했지만, 자신을 돌볼 여유도 없던 나에게 그건 무리였다. 말은커녕 아무것도 스스로 할 줄 모르는 조그만 네 발 동물보다야 나은 처지였던 건 분명한데도, 당시의 나는 그 조그만 애가 내가 받아야 할 사랑과 관심을 뺏어가는 것 같다고 느꼈다. 받을 것도 부족한데, 갑자기 사랑이 어디서 어떻게 나겠어. 개를 키우는 건 생각보다 많은 노력이 든다는 걸 알게 된 아빠는 결국 믿을 만한 사람에게 개를 주게 되었다. 부잣집에 가는 거니까 더 잘된 거라고 씁쓸하게 말하는 아빠를 볼 때마다 안쓰럽고 조금 무서웠다. 그리고 간절히 바라게 되었다. 아빠와 함께 사는 동안 그가 또 다른 동물을 데려오지 않기를. 아빠는 그 후로도 개를 키우고 싶다고 말은 했지만, 실제로 행동에 옮기지는 않았다. 여건도 안 될뿐더러 이젠 그럴 여력도 없다고 했다. 똘멩이를 데려온 건 나였다.

다분히 충동적이었다. 입사가 결정되었을 때였다. 첫 월급을 받으면 선물로 부모님의 내복을 사듯이, 이제는 강아지를 데려와야겠다고 생각한 것이다. 여전히 아빠는 외롭고, 개를 키우고 싶다는 말을 달고 사니까. 이제 내가 나 말고도 다른 가족구성원을 돌볼 수 있을 만큼 여유가 생겼으니까.

그게 똘맹이가 될 줄은 몰랐다. 강아지를 키우려 한다고 말하자, 회사 동료가 지인의 친척이 하는 시골 농장에서 강아지들이 태어났다고 말한 것이었다. 어쩐지 느낌이 좋았다. 당시 인터넷 커뮤니티에서는 아이보리 색의 포동포동한 강아지가 활짝 웃는 사진이 유명했는데, 그런 강아지가 집에 있다면 참 귀여울 것 같았다. 게다가 시골 농장에서 한꺼번에 우르르 태어난 강아지라면 처우도 좋지 않을 텐데 내가 그보단 잘해 줄 수 있을 거라는 생각도 들었다.

며칠 뒤 나는 내가 상상했던 것과는 전혀 다른, 웬 까만 강아지를 만나게 되었다. 새까맣지만 가슴팍은 하얗고, 작달막한 몸통에 비해 다리가 길쭉해서 강아지라기보단 작은 흑염소 같이 생긴 독특한 강아지였다. 모든 게 낯설고 무서운지 굉장히 서러운 눈을 하고선 오들오들 떨고 있었는데, 내가 다가가니 냉큼 뛰어와 안겼다. 생전 처음 느껴보는 미묘한 무게감이었다. 아주 무겁지도 가볍지도 않은, 그렇지만 분명한 존재감을 내뿜는. 조그만 발이 내 허벅지를 밟고, 촉촉한 코와 부숭부숭한 입이 얼굴에 닿더니, 인사를 건네듯 말랑한 혀가 뺨을 훑었다. 그러자 솟아났다, 사랑이. 굉장한 기세로.

사랑은 아무것도 없는 건조한 사막에서 대뜸 솟아나는 오아시스 같은 거였다. 나도 모르는 사이에 감정이 지하수처럼 고여가고 있었다. 한번 세상에 드러난 오아시스는 줄어들 줄 모르고 더 커지기만 했다. 사막이 바다가 될 때까지.

동물 한 마리쯤은 책임질 수 있겠지 싶어서 들인 이 까만 강아지는, 내가 스스로의 책임감을 얼마나 과대평가했는지 깨닫게 해줬다. 다행스럽게도, 강형욱 훈련사의 등장으로 개에 대한 이해도가 비약적으로 높아질 수 있었지만 그렇기에 할 일도 많아졌다. 밥을 주고 배변을 치워주기만 하면 되는 시절은 지나간 지 오래였다. 그의 영상 콘텐츠를 보면, 개가 문제적인 행동을 하는 경우 그 원인은 보통 주인에게 있었다. 아이를 키우는 것과 마찬가지였다…… 그런데 이제 종이 다른. 매일 꼬박꼬박 산책을 같이하고, 간식을 통해 다양한 훈련을 하고, 개의 몸짓에서 드러나는 의사 표현 방식을 이해하려고 노력했다. 물론 난 한낱 인간이기에 어떻게 해도 똘멩이에겐 부족했을 것이다. 그럼에도 똘멩이는 나의 무지와 게으름을 전부 감당해가며, 매 순간 행복을 선물했다.

똘멩이가 나를 보고 배워야 하는데, 내가 똘멩이를 보고 배운 게 더 많다. 똘멩이 덕에 인간이 아닌 다른 종에 대해서도 관심을 가질 수 있었고, 이 친구가 속한 사회 역시 행복하기를 바라게 되었다. 동물들이 처한 상황은 생각보다도 더 좋지 않았다. 동물권에 대한 인식은 밑바닥이었고, 특히 똘멩이처럼 까만 시골 강아지들의 경우 고작 불길하다는 미신 때문에 대부분 버려지거나 쥐도 새도 모르게 사라지는 경우가 많았다.

돕겠다는 마음만 있다면 도울 방법은 생긴다. 유기견을 구출하고 씻기는 등 적극적으로 봉사활동을 하는 것, 보호소에 입소해 돌봄을 받을 수 있도록 후원하는 것 등등. 동물권행동 '카라'의 사이트에서는 동물과 일대일 결연을 신청해 지속적으로 후원하면서 그들의 소식을 받아볼 수 있다. 강아지를 키울 여건이 되지 않아도 마음으로 입양할 수 있는 것이다. 나는 똘멩이와 똑 닮은, 검은 턱시도를 입었고 사람을 싫어하는 예민한 강아지를 발견하고는 주저 없이 결연을 신청했다. 몇 개월 뒤 그 아이는 다행히 누군가에게 무사히 입양되었다. 나는 다시 사이트에 들어가, 이번에는 똘멩이와 한구석도 비슷해 보이지 않지만 겁이 많은 성격만큼은 닮은 강아지에게 결연 후원을 신청했다. 아직 사람에 대한 두려움이 커서 입양이 되진 않고 있지만, 언젠가는 나보다 더 좋은 가족을 찾기를 바라는 마음으로 지켜보고 있다.

동물권에 대해 작게라도 계속해서 목소리를 보태는 일도 중요하다. 그럴 때마다 그럼 고기를 먹지 말라느니 세상엔 동물보다 더 불쌍한 인간들이 많다느니 하는 말들을 듣곤 하지만 상관없다. 이제 나는 똘멩이를 알게 되기 전으로 돌아갈 수 없고, 내 삶을 통째로 바꿀 수는 없어도 어떤 사회를 지향할 수는 있다고 생각한다. 똘멩이를 통해 마음에는 한계가 없다는 것을 알게 되었으니까. 사랑에는 총량이 없고, 사랑은 다른 누군가의 몫을 뺏어서 주는 게 아니라는 걸 이제는 안다.

집에서 독립할 때 나는 똘멩이를 데리고 나왔다. 아빠는 결혼식에서 축사를 할 때, 나보다는 똘멩이가 집을 떠나서 서운하다는 이야길 했다. 그렇지만 똘멩이는 외로워하는 아빠의 가족이 아니라, 내가 사랑하는 나의 가족이 되어버려서 어쩔 수 없다.

내가 영원히 살지 않듯 똘멩이도 언젠가는 세상을 떠날 것이다. 그렇게 생각하면 슬프지만, 만일 그렇다고 해도 바다는 마르지 않을 것이다.

지금까지 2022년을 살아가는
김혜경의 이야기를 읽어주셔서 고맙습니다

이 글을 쓰는 지금은 저녁 9시, 회사다. 배고프고 집에 가고 싶다. 사내 식당은 저녁 7시 30분까지 운영되는데, 어쩐지 일찍 퇴근할 수 있을 것 같아서 눈치를 보다가 밥때를 놓쳤다. 배달 음식이라도 주문했어야 했는데……. 8시엔 자리에서 일어날 수 있을 것만 같았다. 이번 피드백만 반영하면 집에 갈 수 있다고 생각한 게 함정이었고 수정이 한 번으로 끝날 거라고 믿은 게 패착이었다. 곧 갈 수 있을 것 같으니까 조금만 더 기다려보자, 진짜 조금만, 아니 10분만 더…… 그렇게 헛된 꿈을 꾸다 현실로 떨어지니 9시였다. 밥 생각할 틈도 없이 바쁘다면 덜 억울하겠는데, 지금은 수정한 문서를 팀장님 및 다른 부서 사람들이 검토하기를 기다리느라 자리에 앉아 대기하는 중이어서 매우 심란하다.

물론 나는 이 시간에 이렇게 글을 쓰고 있다. 인터넷을 뒤적거리다가 내일이 마감이라는 사실이 떠올랐기 때문이다. 한가하게 대기나 할 때가 아니라는 생각이 들었다. 아니, 그런데 엄밀히 따지면 내가 지금 한가한 건 아니지, 내일이 광고주 보고란 말이야. 자투리 시간을 활용해 글을 쓰고 싶지만 도무지 집중이 되지 않는다. 지금은 직장인 자아가 작가 자아를 짓누르고 있다. 회사에서 글을 쓴다니, 미친 짓이지. 차라리 간단한 인스턴트라도 먹어서 허기를 달래는 게 나을까? 그런데 이제 진짜 곧 퇴근할 수도 있는데, 그렇다면 뭔가를 사 먹기엔 정말 늦어버렸고, 언제 도착할지 모르는 집에서 먹자니 너무 배가 고픈데. 아, 그냥 컵라면이나 먹자.

4분 만에 익은 컵라면을 5분 만에 먹어 치웠다. 진작 먹을걸. 자리에 돌아오니 그새 새로운 피드백이 와 있었다. 파일명을 보니 '진짜_이게진짜_최종_리얼최종_피드백.pptx'다. 다행히 단어 몇 개만 손보면 되는 수준이다. 금방 끝날 것 같아 흡족하면서도 괜스레 억울하다.

"아, 좀만 더 참았다가 집에 가서 밥 먹을 걸 그랬어요. 회사를 9년이나 다녔는데 아직도 언제 퇴근할지 감을 못 잡겠네요. 그래도 컵라면이 맛있긴 했죠? 다음 주 월요일에는 저녁 10시 회의니까 그때는 미리 맛있는 거 시켜 먹어요."

동료들과 그런 대화를 나누고 퇴근한다.

그리고 다시 이 글 앞으로 돌아온 지금은 새벽 3시 21분, 집이다. 기쁜 마음으로 서둘러 퇴근해 똘멩이와 밤 산책을 하고 차를 마시고 책을 뒤적거리다 보니 시간이 순식간에 흘렀다. 자정이 넘었지만 마감을 앞둔 나는 다시 노트북을 열었다. 그나마 내가 마침표를 찍으면 끝나는 글을 쓰고 있다는 점이 유일한 위안이 된다. 어째서 마감과 광고주 보고 일정이 겹친 걸까? 이런 날에는 별수 없이 수면 시간을 줄여야 한다. 뭐 대단한 걸 하겠다고 잠까지 줄이나 싶지만, 대단치 않게 사는 것도 대단한 인생이다. 오늘의 내가 만족할 때까지 이 글을 쓰고, 나는 다시 출근할 것이다.

가끔 이렇게 바쁠 때마다 주변의 친구들은 나를 몹시 걱정해준다. 최근에는 나의 이런 사정을 알게 된 H 작가님과 S 작가님이 '몸과 마음이 보내는 신호를 잘 받아들여야 한다'며 보이차와 책을 안겨주었다. 덕분에 생애 처음으로 병餅차를 해괴해봤다. 틀에 넣어 떡 모양으로 빚은 찻잎을 분해해 마실 때 쓰는 '해괴解塊'라는 단어도, 술만 따르던 조그만 사케용 잔에 따뜻하고 고소한 보이차를 마시는 기분도 처음이었다. 새로운 세계의 가장자리에 닿은 느낌이랄까. 차에도 한눈팔게 되면 나는 더 바빠지겠구나 싶었다. 24시간을 더 잘게 쪼개 차를 마실 시간, 차를 탐구할 시간도 확보해야 할 테니까. 그래도 마음만큼은 편안하다. 차를 마시면 따뜻한 찻물의 온도만큼 나

른해지면서 시간이 좀 더 느리게 흐르는 착각이 든다. 여유롭다는 착각 속에 몸을 빠뜨려놓고 마음을 다잡는 전략이다. 현재 나는 조금만 넋을 놓으면 해야 할 일을 제때 마치지 못한 채 속수무책으로 아침 해를 맞이할 것 같은데도 차를 마시고 있다. 몸은 피곤해서 지옥 같은데 마음은 잘도 천국을 누린다. H 작가님과 S 작가님은 이런 의도로 차를 선물해주신 게 아닐 것 같아서 유감이다.

나는 앞으로도 이렇게 살겠지. 출근은 지겨워하고, 퇴근은 기뻐하고, 한눈팔아 몸과 마음의 에너지를 충전하면서 다시 출퇴근을 반복하고. 물론 지금의 회사에 평생 다닐 건지 어디에 어떻게 한눈팔 것인지, 그 미래의 구체적인 모습까지는 알 수 없지만 말이다. 지금은 지금이 제일 중요하다. 2022년, 나는 서른둘의 김혜경이다.